왜 히말라야냐고

당신이 물었다

왜 히말라야냐고
당신이 물었다

초판 1쇄 인쇄일 2015년 12월 4일
초판 1쇄 발행일 2015년 12월 11일

지은이 조성현
펴낸이 양옥매
디자인 최원용
교 정 조준경

펴낸곳 도서출판 책과나무
출판등록 제2012-000376
주소 서울특별시 마포구 월드컵북로 44길 37 천지빌딩 3층
대표전화 02.372.1537 **팩스** 02.372.1538
이메일 booknamu2007@naver.com
홈페이지 www.booknamu.com
ISBN 979-11-5776-125-8(03810)

이 도서의 국립중앙도서관 출판시도서목록(CIP)은 서지정보유통지원 시스템 홈페이지(http://seoji.nl.go.kr)와 국가자료공동목록시스템(http://www.nl.go.kr/kolisnet)에서 이용하실 수 있습니다.
(CIP제어번호 : CIP2015033045)

• HIMALAYA •

왜 히말라야냐고
당신이 물었다

조성현 지음

책과나무

히말라야!

그곳에 가겠다고 하니 당신이 내게 물었다

왜 하필 히말라야냐고,

그 위험한 곳에 왜 가려하냐고

그냥 한번.

아니, 그렇지만 평생에 꼭 한 번

내 발로 밟고 싶은 곳

히말라야는
내게 그런 곳이었다

Prologue 14

히말라야의 꿈을 이룰 수 있을까

떠나다 1일차 22

오늘 / 마그리브 / 야경

떠나다 2일차 26

다시 출발 / 짜뚜만두 / 입국 / 트레킹을 준비하며

한 걸음을 소중히, 느린 하루

Welcome to Ghorepani

Sunrise of Tadapani

Amazing Annapurna

트레킹 1일차 34

호수가 있는 도시 / 위험한 드라이빙 / 체크포스트 / 검사검사 / 첫 걸음 / 달밧 / 첫날밤 / 밤하늘의 별

트레킹 2일차 50

첫 일출 / 마차푸차르 / 푼힐의 일몰을 봅시다 / 마차푸차레 조금 / 쿠마리 / 디오게네스의 일광욕 / 웰컴 투 고레파니 푼힐 / 저녁노을을 향해 / 고산 증세인가 / 푼힐의 일몰 / 쏠라 파워 / 난로의 온기

트레킹 3일차 ········· 74

고레파니의 아침 / 능선 쉼터 / 다울라기리 / 첫 번째 데우랄리 / 스트롱맨 / 함께 / 신라면 베지 / 빅 이글 / 그랜드 뷰 롯지 / 타다파니의 밤

트레킹 4일차 ········· 94

붉은 기운 / 절벽 위의 풍경 / Old & New / 히말라야 아이들 / 환대 / 기브 미 초코릿 / 은혜의 햇살 / 간섭 & 관심 / 조심해요 / 험한 길 / 핫샤워 / 촘롱의 밤

트레킹 5일차 ········· 117

촘롱을 떠나 지옥의 계단으로 / 홀 세일 스토어 / 돌아봄 / 물소 고기 / 백숙, 라면, 김치찌개 / 한국 청년의 무용담 / 밤부 / 만남들 / 빗소리

트레킹 6일차 ········· 140

환상의 아침 / 아이떼 / 히말라야 롯지 / 집 만드는 돌 / 담는다는 것 / 동행자 / 또 다시 데우랄리 / 의사결정 / 눈보라 속으로 / 자면 안 돼 / M.B.C의 밤

트레킹 7일차 167

감사합니다. / 눈길을 따라 / 히말라야 쥐 / 안나푸르나 베이스캠프 관문 / 박영석 대장님 / 그곳에서 / 한 걸음 한 걸음 이별 / 가벼울 수 없는 길 / 히말라야 롯지는 / 초승달의 배웅 / 무모한 용기

트레킹 8일차 194

아는 길 / 마차푸차레 라스트 / 감상 포인트 / 한국의 맛 / 비즈니스 웨이 / 다녀 온 사람과 가려는 사람 / 스치는 인연 / 이전에는 몰랐던 것들 / 지누의 밤

트레킹 9일차 216

형형색색의 롯지 / 절벽 아래로 / 로컬 웨이 / 다국적 청년 봉사단 / 간드룩 / 헤븐 뷰 롯지 / 생각을 바꾸는 단어 / 작은 산책 / 웃음꽃 / 마을 알기 / 밤의 통과의례

트레킹 10일차 242

기억 / 웰컴 그리고 땡큐 / 히말라야의 당나귀 / 어느새 문명 / 수료 / 응급상황 / 걱정과 배려 / 포카라의 공기 / 페와 호수 / 기억을 저장하다

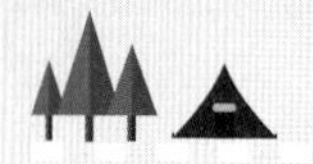

Part 3

다시 떠나기 위해 돌아오는 길

Phewa Lake

Bhaktapur street

Lakeside

기억하다 1일차 266

호수에 비친 여신 / 레이크 사이드 / 데비스 폴 & 마헨드라 동굴 / 핸드 드립 커피 / 사소한 감사

기억하다 2일차 280

질리지 않는 건 / 이젠 안녕 / 히말라야의 속살 / 박타푸르 / 유네스코가 선택한 도시 / 그리고 정전

기억하다 3일차 290

네팔의 마지막 아침 / 바쁜 환승

기억하다 4일차 296

노숙 / 낮은 산

Epilogue 301

내가 그곳으로 가는 이유는

히말라야의 품에 안겨 삶에 찌들어 있는 일상에서 벗어나
순례의 길을 걸으며 지구에서 가장 높은 산들에게
삶의 가르침을 받으려고 떠나는 것이다

일단 떠나보면 알게 될 수많은 것들

히말라야(Himalaya)는 무슨 뜻일까? 산스크리트어(고대 인도어)로 Hima(히마)는 눈(雪)이고, Alaya(알라야)는 거처(居處)를 의미한다. 즉 '눈의 거처', '눈이 있는 집'이란 뜻이다. 내가 그곳으로 가는 이유는 세계에서 가장 높은 산 14개 중에 8개(에베레스트, 칸첸중가, 로체, 마칼루, 초오유, 다울라기리, 마나슬루, 안나푸르나)가 있어 '세계의 지붕'이라는 수식어로 알려져 있는 네팔의 풍경을 직접 내 눈에 담고 싶어서이다. 히말라야의 품에 안겨 삶에 찌들어 있는 일상에서 벗어나 순례의 길을 걸으며 지구에서 가장 높은 산들에게 삶의 가르침을 받으려고 떠나는 것이다.

히말라야 트레킹을 본격적으로 준비하다가 인터넷에서 A.B.C와

M.B.C란 이름을 접했다. 낯익은 그 이름들은 영어 알파벳을 외우는 처음 단계인 A.B.C와 우리나라의 특정 방송국 로고인 M.B.C과 똑같았다. 사람들에게 A.B.C와 M.B.C에 갈 계획이라고 했더니 방송국엔 왜 가냐고 한다. 그래서 방송국이 아니라 마차푸차레 베이스캠프의 약자라고 멋있게 발음해 줬다.

히말라야 트레킹 중에 '안나푸르나 라운딩'이란 코스도 있는데 처음 들었을 때 안나푸르나에 골프장이 있고 그곳에서 골프를 치는 줄 알았다. 보통 라운딩이란 단어는 골프 경기를 할 때 사용하기 때문이다. 하지만 여기서 라운딩은 안나푸르나 산군 지역을 한 바퀴 트레킹 하는 의미로 사용되고 있었다.

안나푸르나(산스크리트어로 '수확의 여신, 풍요의 여신'이라고 하며, 안나푸르나 1, 2, 3, 4봉, 사우스, 강가푸르나로 되어 있다. 안나푸르나 1봉은 세계에서 열 번째로 높은 봉우리로 8,091m이다.) 산군의 둘레를 트레킹 할 수 있는 라운딩과 안나푸르나를 한 눈에 볼 수 있는 푼힐 전망대를 거쳐 마차푸차레 베이스캠프와 안나푸르나 베이스캠프를 다녀오는 코스를 놓고 고민을 했다. 라운딩을 하려면 적어도 20일 이상의 시간이 필요할 거 같아서 2주 동안 푼힐 전망대를 거쳐 안나푸르나 베이스캠프까지 갔다 오는 코스를 선택했다. 평범한 사람들이 가장 많이 다녀올 수 있는 코스이기도 했다.

코스를 결정한 후 안나푸르나의 가장 아름다운 모습을 볼 수 있는 시기가 9월에서 10월인 것을 알게 되었지만 시간을 낼 수 있는 1월로 일정을 잡았다. 1월로 일정을 정한 후에 두려운 정보와 맞닥뜨렸다. 네팔 히말라야엔 1월이 가장 춥다는 것이고, 안나푸르나로 향하는 모든 롯지(트레킹 도중 숙박하게 되는 산속의 숙소)에는 난방이 되지 않는다는 것이다. 따라서 1월에 트레킹을 한다는 것은 2,000m 이상의 고산에서 난방이 되지 않는 열악한 방에서 추위를 견뎌내며 잠을 잘 수 있는 인내력이 있어야 한다는 것을 의미하기도 했다.

평지도 아닌 고산 지역에서 난방 없이 열흘이 넘는 시간을 보내야 한다는 것은 아름다움을 감상하기 이전에 큰 고행의 길이 될 것이란 생각이 들었다. 하지만 이런 염려스럽고 걱정스러운 일에 대해 평소에 경험하지 못한 흥미로운 일이 될 수 있을 거란 호기심과 추위를 견딜 수 있는 든든한 침낭을 준비함으로써 대비책을 세웠다.

산 넘어 산이라고 또 다른 문제에 직면했다. 트레킹 도중에 있는 롯지에서 제대로 샤워를 할 수 없고 해서도 안 된다는 것이다. 물을 데울 수 있는 시설이 열악하기도 하지만 해발 3,000m 이상에서 샤워를 할 경우 고산병이 올 수 있기 때문이라고 한다.

두려움을 주는 정보를 접하자 1월에 푼힐을 거쳐 안나푸르나 베이스캠프로 트레킹 하는 것은 많은 어려움이 따를 거란 생각으로 가득 찼다. 그러면 여름엔 어떨까? 여름은 네팔의 몬순(장마) 시즌이라 비가 많이 오고, 트레킹을 하는 길 곳곳에는 풀에 사는 거머리가 있어서 옷을 뚫고 트레커들에게 헌혈을 요구한다고 한다. 거머리에 대한 혐오감을 갖고 있는 문명인이나 날마다 궂은 날씨 때문에 네팔의 아름다운 별과 설산의 모습을 볼 수 없는 것에 대해 안타까워할 사람들은 반드시 여름을 피해야 한다는 정보를 접했다. 결론은 여름보다 차라리 겨울이 낫다는 거였다.

어설픈 조사를 마치고 '용기'라는 가장 큰 준비물을 챙긴 후, 네팔에 대해 본격적인 공부를 시작했다.

먼저 네팔에 대해 공부한 것은 클라이밍과 트레킹의 차이에 관한 것이다. 네팔에서 클라이밍은 에베레스트, 안나푸르나, 다울라기리 등의 6,000m 이상의 만년설 정상에 오르는 것이고 그 외에는 전부 걷는 것이었다. 입국 비자에 방문 목적이 클라이밍인지 트레킹인지 묻는다. 전문 산악인으로 구성된 원정대가 아닌 사람들은 클라이밍이 아니라 트레킹에 표시해야 한다.

두 번째 공부한 것은 탈쵸라고도 하고 타르쵸라고도 하는 것이다. 네팔 지역을 트레킹 하는 중에 많은 곳에서 탈쵸를 볼 수 있다. 탈쵸는 형형색색의 천에다가 불경을 새겨 나부끼게 하는 깃발을 가리키는 것이다.

세 번째 공부는 '나마스테'와 '비스타리'라는 두 개의 네팔어다. 네팔어로 '나마스테'는 심오한 의미를 지니고 있다. '나마스테'는 단순히 '안녕하세요.'와 같은 인사의 의미를 넘어 '내 안에 신성이 당신 안의 성스러운 신성에게 경의를 표한다는 의미와 신이 당신에게 준 재능에 경의를 표합니다.'란 의미로 사용된다고 한다. '비스타리'란 네팔어는 우리말로 '천천히'라는 뜻이다. '비스타리'를 공부한 후 이 단어를 이번 여행의 주제로 정했다. 그곳에 가서 조급할 것 없이 '천천히, 천천히' 가자는 의미를 부여하기 위해서였다. 이 땅에 살면서 가장 많이 들었던 말이 '빨리 빨리'일 것이다. 적어도 그곳에 있는 동안은 '빨리 빨리'란 말을 절대 쓰지 않으리라 마음먹었다. 그래서 네팔어로 '빨리 빨리'라는 말은 아예 알려고 하지도 않았다.

이 글은 등산 전문가나 사진작가도 아닌 평범한 사람이 2주간 네팔의 히말라야를 걸으며, 보며, 느낀 것을 적은 것이다. 일상에 찌들어 삶이 무료하게 느껴지는 사람들에게 그곳에 가 보라고 전해주는 이야기이다. 이미 많은 사람들이 안나푸르나 베이스캠프를 다녀갔고, 안나푸르나 라운딩을 경험했다. 뒤늦게 안나푸르나 베이스캠프에 다녀온 한 사람이 그 아름답고 행복했던 기록들을 출발부터 도착까지 상세하게 기록으로 남겨 히말라야를 계획하고 있는 사람들에게 용기를 주고 싶다.

이성부의 시 '산길에서'를 걷는 내내 가슴에 지니고 있었다. 이 시는 그곳에서 내 마음의 나침반 역할을 했다.

이 길을 만든 이들이 누구인지를 나는 안다
이렇게 길을 따라 나를 걷게 하는 그이들이
지금 조릿대 밭 눕히며 소리치는 바람이거나
이름 모를 풀꽃들 문득 나를 쳐다보는 수줍음으로 와서
내 가슴 벅차게 하는 까닭을 나는 안다
그러기에 짐승처럼 그이들 옛 내음이라도 맡고 싶어
나는 자꾸 집을 떠나고
그때마다 서울을 버리는 일에 신명 나지 않았더냐
무엇에 쫓기듯 살아가는 이들도
힘을 다하여 비칠거리는 발걸음들도
무엇 하나씩 저마다 다져 놓고 사라진다는 것을
뒤늦게나마 나는 배웠다
그것이 부질없는 되풀이라 하더라도
그 부질없음 쌓이고 쌓여져서 마침내 길을 만들고
길 따라 그이들을 따라 오르는 일
이리 힘들고 어려워도
왜 내가 지금 주저앉아서는 안 되는지를 나는 안다

이성부, 「산길에서」

떠나다 1일차

떠나다 2일차

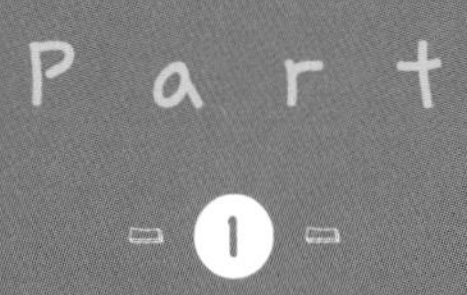

히말라야의 꿈을 이룰 수 있을까

안나푸르나 트레킹 10일의 기록

Annapurna trekking

오늘

드디어 '오늘'이다. 과거라는 시간 속에서 한참을 기다려 왔고, 대한민국을 떠나 네팔의 히말라야로 떠나는 감동적이고 설레는 '오늘'이다. 마음속에 한없이 갈망하고, 먼저 갔다 온 사람들의 말로만 듣고 동경했던, 인터넷 속 사진을 눈으로만 구경했던, TV에서 다큐멘터리로 보았던 히말라야의 안나푸르나로 향하는 날이다.

며칠 째 점검 또 점검을 해서 싸놓은 짐을 들고 집을 나섰다. 등에는 40리터짜리 배낭에 침낭을 매달았고, 가슴에는 28리터짜리 배낭을 품고 버스정류장으로 향했다. 출근하는 사람들이 특이한 복장을 한 나에게 부러움과 기이함의 감정을 담은 시선을 보낸다. 기분 탓인지 공항으로 가는 버스 안의 공기가 평소와는 다르게 느껴진다. 내 가쁜, 기쁜 숨소리 때문인가 보다. 버스는 경쾌한 엔진 음과 함께 신나게 달리고 있다. 1월 중순임에도 버스 바깥으로 보이는 풍경이 춥게 느껴지지 않는다.

첫째 날은 인천공항에서 상하이로 이동해 동방항공에서 제공한 호텔에서 묵고, 다음날 상하이에서 쿤밍으로 쿤밍에서 네팔의 카트만두로 가는 일정이다. 직항으로 가는 것에 비하면 많은 시간이 소요되며 힘든 일정이지만 직항에 비해 굉장히 저렴한 항공료(믿기지 않겠지만 왕복 항공료가 46만원이다.) 때문에 위 경로의 일정을 선택했다.

마그리브

걱정했던 동방 항공의 이륙 지연도 없었고, 친절한 서비스와 기내식도 만족스러웠다. 그렇게 어느새 상하이 공항. 난 시간적인 여유가 있어 상하이 시내를 구경하러 나섰다. 인터넷에서 많은 여행자들이 상하이 공항에서 시내로 갈 때 중국이 자랑하는 고속자기부상열차인 마그리브(Maglev)를 꼭 타봐야 한다고 했다. 먼저 다녀간 사람들이 내준 숙제를 하듯이 마그리브 승강장으로 향했다. 매표소에서 당일 항공권을 보여 주자 탑승료 50위안을 40위안으로 할인해

431킬로미터라는 엄청난 속도를 내는 마그리브

줬다. 시내로 향하는 마그리브를 탑승하자마 엄청난 속도로 가속을 하는데 최고 속도가 400㎞가 넘는다. 431㎞를 찍자 사람들의 탄성이 나온다.

이렇게 속도를 내도 괜찮은 건가? 이거 뒤집혀서 사고 나는 거 아냐. 왜 이렇게 빨리 달리지 등등 만감이 교차했다. 두려움이 가득했지만 환상적인 속도 체험을 끝내고, 마그리브가 끝나는 상하이 지하철 2호선 룽양로 역에 내려 시내로 향하는 지하철로 갈아탔다.

야경

상하이 시내에서 간단히 저녁을 먹고, 남경로의 화려한 불빛 아래 차갑고 먼지 낀 거리를 따라 많은 대륙 사람들과 함께 황푸강을 바라볼 수 있는 외탄까지 걸어갔다.

외탄에서 황푸강을 바라보며 상하이의 화려한 야경과 함께 객수를 느껴보기 위해서였다. 외탄에서 바라본 황푸강은 강이 아니라 바다다. 큰 배들이 바짝바짝 붙어서 서로 부딪힐 듯이 항해하고 있었고, 황푸강 건너편엔 상하이의 랜드 마크인 동방명주 타워의 불빛이 강물에 빠져 그 깊이를 가늠하지 못한 채 허우적거리고 있었다.

잠시 난간에 기대어 황푸강을 바라봤다. 외탄의 황홀한 야경 속에 깊이 빠져있었지만 속마음은 벌써 네팔의 히말라야에 가있었다. 황푸강을 바라보며 네팔을 생각하고 있었다.

상하이 외탄에서 바라본 황푸강의 야경

다시 출발

대륙의 인파와 함께 네팔로 향하는 수속을 마쳤다. 일상을 커피로 시작했던 터라 아침부터 커피를 달라고 내 몸속에서 알람이 울린다. 커피를 향한 갈증이 내 눈을 천리안으로 만들어 저 멀리 초록색의 여신에게 향한다. 반인반수의 여신은 나의 목마름을 어찌 알고 저렇게 온화한 미소를 띠고 있단 말인가. 어느덧 몸은 그녀에게 향해있었고, 말이 통하지 않는 이국땅에서 세계 공용어가 되어버린 '아메리카노'를 사랑의 외침처럼 소리쳤다.

아메리카노의 카페인이 내 몸속에 흡수되어 힘으로 충전될 즈음에 영화 속 주인공처럼 아주 천천히 비행기에 몸을 실었다. 비행기는 예전에 타 보았던 중국 항공사 특유의 만두 양념 비슷한 향도 나지 않았고 실내도 깨끗하다. 하루 사이에 중국에 적응한 것인지 아니면 카트만두로 향한다는 설렘이 나의 후각과 시각을 마비시킨 것인지 알 수 없었지만 비행기의 첫 느낌이 꽤 괜찮다.

이륙 후 3시간여의 비행 끝에 중국 쿤밍의 창수이 공항에 도착했다. 추적추적 비가 내리고 있다. 1월에 이곳은 매우 추워서 활주로가 얼어붙어 자주 지연되거나 결항된다는 글을 블로그에서 본 적이 있었는데 얼어붙기커녕 비가 내리고 있다. 한 사람이 한 번 겪은 일에 대한 블로그 포스팅과 글을 읽은 많은 사람의 공감이 일반화되어 실제로 있지 않을 일에 대해 걱정한 셈이다.

짜뚜만두

쿤밍의 창수이 공항에 내려 게이트를 나오자마자 동방항공 직원이 '짜뚜만두, 짜뚜만두'라고 외치며 사람들을 불러 모았다. 항공사 여직원은 카트만두를 '짜뚜만두'라고 발음하지만 상하이에서 온 사람들을 신기하게 그녀 앞에 모여들었다. 그리고는 전투 중 지휘관처럼 환승하려는 꽤 많은 사람들을 이끌고 앞장서서 안내해 주었다. 마치 피리 부는 소년이 피리를 불면서 어린 아이들을 이끄는 것처럼 당찬 걸음으로 앞장서서 걸었다. 상하이에서 타고 왔던 똑같은 비행기 똑같은 자리 그대로였다. 상하이에서 쿤밍까지는 국내선이고, 쿤밍에서 카트만두까지는 국제선인 것으로 여기는 것 같다.

옆자리에는 중국 상하이부터 같이 온 럭셔리한 네팔 여인이 다시 앉았다. 상하이에서 쿤밍으로 올 때와는 달리 두 번째 보니까 낯설지도 않고 반가운 감정마저 든다. 럭셔리한 네팔 여인은 맥 북 에어와 아이폰을 쓰고 있고, 임신한 듯 배가 많이 불러 있다.

"어디서 왔으며, 어디로 가느냐?" 하고 내게 물었다.

"한국에서 왔고, 안나푸르나 베이스캠프에 갈 거예요."라고 했더니 한국인들은 매우 익스트림한 걸 좋아한다고 말하며, 자신은 사랑콧(Sarangkot; 네팔 포카라에 있는 1,592m의 언덕으로 히말라야를 조망할 수 있는 전망대)밖에 가지 못했으며,

"왜 한국 사람들은 굳이 위험한 안나푸르나 베이스캠프까지 가느냐"고 묻는다.

한국인들은 모험을 좋아한다고 했더니 약간 이해할 수 없다는 표정을 짓는다. 잠시 동안이지만 럭셔리한 네팔 여인 덕분에 심심하지 않았고 본격적인 네팔 여행이 시작된 걸 느낄 수 있었다.

3시간여의 비행 후 카트만두임을 알리는 방송이 나왔다. 바깥 풍경을 보니 큐브 조각들을 떼어 놓은 거 같은 집들이 보인다. 드문드문 자리 잡고 있는 집들과 누런 황토색 땅이 보인다. 설산은 보이지 않지만 울퉁불퉁 솟아 있는 산들이 내가 알고 있는 산과는 다른 모습으로 하늘에 닿을 듯이 솟아있다. 낯선 카트만두의 풍경과 대면하고 있는 사이 비행기는 사뿐히 내려앉았다.

네팔 카트만두 변두리 풍경

입국

카트만두 트리부반 공항은 시간을 과거로 돌려놓은 것 같은 풍경의 단출한 밤색 건물이다. 무뚝뚝한 첫인상의 비자 발급 직원 앞에서 15일짜리 비자 신청서를 내밀고, 네팔의 입국을 승인하는 도장을 '쾅'하고 받자 심장도 쾅하고 뛰는 듯 했다.

낯선 공항에서 택시비를 흥정하며 한껏 기대에 부풀어 있었던 히말라야의 첫 인상을 불쾌하게 시작하기 싫어서 픽업 서비스를 요청해 놓았다.

호텔로 향하는 중에 운전기사는 '네팔엔 몇 번째 방문'이냐는 질문을 시작으로 오늘은 토요일이고 네팔의 휴일이라 교통체증이 심하고 사람들도 많다며 활기차게 떠들며 날 반겼다.

사람과 차가 복잡하게 어우러져 있고 중앙선도 제대로 없는 네팔의 도로사정에도 불구하고 운전에 집중하지 않는 그를 보자 불안한 마음이 들었다. 하지만 그는 나름대로 요리조리 잘 운전하며 아주 능숙하게 카트만두의 복잡한 길을 헤쳐 나가고 있었다. 카트만두 거리의 풍경과 함께 매캐한 매연(숨을 언제 들이쉬고 내쉬어야 할지 모를 정도로 혼탁하고 매캐한 공기였다.)을 마시는 사이 타멜(카트만두에서 가장 번화한 거리라고 함)에서 10분 정도 떨어져 있는 호텔에 도착했다. 호텔은 꽤 오래된 건물로 곧 쓰러질 듯 했지만 예전에 왕궁으로 쓰였던 곳이라고 한다. 하얀색 건물에 빨간 색 간판을 내건 인도풍의 건물이다. 숨을 언제 들이쉬고 내쉬어야할지 모를 정도로 나쁜 카트만두 거리의 공기에 비해 호텔 내 공기는 그리 나쁘지 않았다.

트레킹을 준비하며

타멜(우리나라로 치면 명동 거리와 비슷하다고 하는데 전혀 그런 느낌을 받을 수 있는 곳은 아니었다.) 거리를 걸으며 잠시 시간을 보낸 뒤 호텔로 돌아와 시차로 인해 생긴 여분의 시간을 내일 안나푸르나에 오르면서 필요한 것들을 챙기는 시간으로 보냈다. 트레킹 중에 즉시즉시 필요한 물건들을 배낭 바깥쪽에 배치하고, 트레킹 후 숙소에 도착해서 필요한 물건들은 배낭 안쪽에 배치했다. 그리고 비가 오거나 눈이 많은 곳에서 사용할 아이젠이나 스패츠 같은 것들은 따로 비닐에 넣어서 배낭 가장 아래 부분에 보관했다. 트레킹 일정 중에 필요한 물건들을 그날그날 필요한 중요도에 따라 늘어뜨려 놓고 하나씩 챙겼다. 물건을 정리하는 사이 카트만두의 아늑한 밤은 깊어 갔다. 잠시 두 다리를 뻗어 편안한 마음을 누릴 틈도 없이 여정과 시차가 주는 피곤함으로 인해 금세 잠들어 버렸다.

Trekking

트레킹 1일차
트레킹 2일차
트레킹 3일차
트레킹 4일차
트레킹 5일차
트레킹 6일차
트레킹 7일차
트레킹 8일차
트레킹 9일차
트레킹 10일차

Part

2

한 걸음을 소중히,
느린 하루

Welcome to
Ghorepani

Sunrise of
Tadapani

Amazing
Annapurna

안나푸르나 트레킹 10일의 기록

Annapurna trekking

Trekking
트레킹
1일차
Annapurna

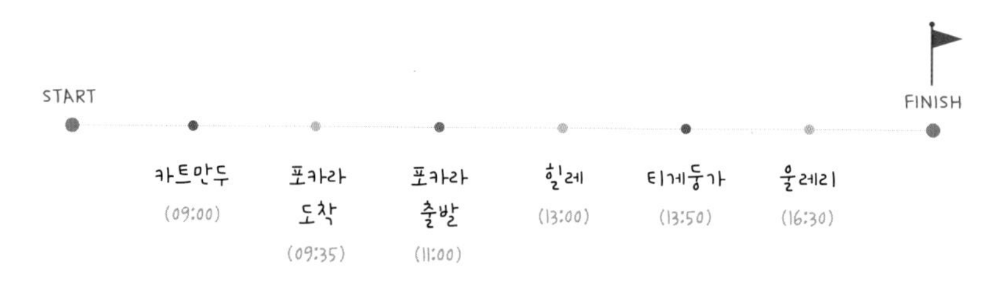
START
카트만두 (09:00)
포카라 도착 (09:35)
포카라 출발 (11:00)
힐레 (13:00)
티게둥가 (13:50)
울레리 (16:30)
FINISH

안나푸르나 (8091m)
신구출리 (6501m)
마차푸차레 (6997m)
안나푸르나 사우스 (7219m)
A.B.C (4130m)
M.B.C (3700)
히운출리 (6441m)
데우랄리 (3230)
도반 (2600)
밤부 (2310)
(3193) 푼힐
(3180) 반단티
(2855) 추일레
시누와 (2360)
촘롱 (2170)
(2860) 고레파니
(2430) 난계탄티
타다파니 (2630)
지누단다 (1780)
간드룩 (1940)
(1960) 울레리
(1540) 티게둥가
김체 (1640)
(1430) 힐레
(1070) 나야풀

호수가 있는 도시

카트만두에서 포카라로 가는 비행기는 단순히 이동 수단이 아니다. 네팔에서 가장 훌륭한 전망대라고 단언할 수 있다. 어제 마신 카트만두의 오염된 공기를 정화시켜 줄 수 있는 신선한 풍경들을 보며 네팔의 휴양도시 포카라로 향할 수 있는 최고의 전망대이다.

많은 사람들이 카트만두에서 포카라로 향하는 항공료를 아끼려고, 투어리스트 버스나 로컬 버스를 이용한다. 난 카트만두에서 포카라로 이동할 때는 반드시 한 번은 비행기로 이동하는 것을 권하고 싶다. 물론 버스가 현지인의 삶을 가까이서 볼 수 있다는 장점이 있겠지만 하늘 위에서 비행기를 타고 히말라야를 품는 그 기분은

포카라로 가는 하늘에서 바라본 히말라야

내가 상상할 수 있는 그 이상의 경험이 될 수 있기 때문이다.

히말라야 전체를 품으며 쓰다듬으며 30여분을 비행하자 포카라 공항에 도착했다. 화창한 날씨의 포카라 공항에 내리자마자 마차푸차레가 내 발걸음을 그대로 멈추도록 한다. 히말라야를 이루는 기라성 같은 산 중에 마차푸차레가 가장 높은 산이 아닌데도 불구하고 포카라 공항에서 바라보면 가장 높아 보인다. 그 뾰족한 봉우리

포카라 공항에서 바라본 안나푸르나와 마차푸차레

로 포카라에 처음 온 여행자에게 가장 먼저 인사한다.

포카리는 네팔어로 '호수'다. 이 도시의 이름 포카라는 네팔어 포카리에서 따온 이름으로 '호수가 있는 도시'라는 뜻이다. 이제야 어느 일본 기업의 이온 음료의 뜻이 무엇인지 알 거 같다. 1970년에 전원이 여성으로 구성된 일본의 등반대가 안나푸르나 등반에 성공한 적이 있다고 한다. 아마 일본 사람들은 오래전인 1970년에도 안나푸르나에 올라가기 위해 거쳐야 하는 도시 포카라를 알았고, 무척이나 좋아했던 것 같다.

위험한 드라이빙

포카라에 도착해서 에이전시를 통해 소개받은 순한 모습에 첫인상이 좋은 가이드 먼을 만나 트레킹 일정에 대해 이야기하고 힐레로 이동할 차를 섭외했다. 처음이라 서먹서먹했지만 가이드 '먼'은 한국인인 내가 잘 알아들을 수 있도록 재치 있게 영어를 구사했다. 그와의 동행이 기대된다.

먼과 일정에 대한 미팅(미팅이라고 말했지만 실제로는 내가 세운 계획을 통보한 과정)을 마친 후 짚을 타고 힐레로 출발했다. 짚은 포카라 시내의 레이크 사이드를 지나 도로의 중앙에만 포장이 되어 있고 양 옆은 포장이 제대로 되지 않은 상태의 울퉁불퉁한 2차선 도로(기능으로 치면 1.5차선밖에 하지 못하는)로 들어섰다.

짚이 빠른 속도로 주행하면서 마주 오는 차량과 빠르게 지나칠 때

마다 가슴이 쩌릿쩌릿했다. 아마 한국이라면

"위험해요. 천천히 갑시다."

라고 했겠지만 이상하게도 이곳에선 아무 말 없이 그 속도에 순응하고 있었다. 속도에 순응하는 게 아니라 내 목숨을 온전히 네팔이란 나라의 관습에 맡긴 듯 했다.

수동 기어의 아주 오래된 일본제 짚에는 안전벨트조차 없다. 차량 내부는 먼지로 뒤덮여 있고 굴러가는 게 신기할 정도의 상태였다. 하지만 마주치는 경차 택시를 보며 짚을 타고 있는 내가 훨씬 더 안전하다는 위안을 받으며 사소한 일에 아주 큰 행복과 만족을 느꼈다.

짚을 타고 가는 동안 기사는 인도 음악 비슷한 멜로디의 신나는 네팔 음악을 틀어 놓고 흥얼거렸다. 어떤 가사의 노래인지는 몰라도 이국땅에서 듣는 멜로디는 그 자체만으로 귀를 즐겁게 했다. 조금 후 싸이의 '강남스타일'이 들리고 후렴구인 강남스타일을 신나게 따라 부른다. 나를 위해 센스 있게 틀어준 음악이라 생각해서 같이 흥겨움에 취해 '오빤~ 강남스타일'을 같이 불러 본다.

노래를 듣고, 부르며 흥에 겨워 힐레로 향하면서 마주 오는 버스의 지붕에 시선을 두자 흥얼거리던 노래가 저절로 멈췄다. 왜냐하면 마주치는 버스 지붕에 앉아서 신나게 웃으며 여행하는 중년의 백인 남자가 눈에 들어왔기 때문이다. '아니 저 사람이 저러다 떨어지면 어쩌려고' 마음속으로 그의 무모한 행동을 탓하고 있었다. 하

포카라에서 나야풀로 향하는 1.5차선 도로

지만 간사한 내 마음은 이내 그 사람의 행동을 부러워했다. 나도 모르게 여행이라는 시간과 공간의 이동이 만들어낸 일탈 행동에 동경의 마음을 가지게 된 것이다.

체크포스트 

두 시간 가량 생사를 넘나드는 드라이빙을 마친 후 히말라야 안나푸르나의 트레킹 시작점인 나야풀에 들어섰다. 나야풀은 흙으로 된 길 양 옆으로 트레킹에 필요한 물품들을 파는 상점들이 즐비하게 있었고, 몇몇 롯지가 자리 잡고 있는 아주 작은 시골 읍내 같은 모습이었다.

나야풀에서 조금 더 가자(아주 조금 더) 비레탄티의 체크포스트가 보인다. 먼이 체크포스트 사무소에서 안나푸르나 보존 구역의 입산을 허가하는 퍼밋과 가이드를 대동하여 트레킹하는 것을 알리는 팀스에 승인을 받았다.

팀스와 퍼밋을 받고 비레탄티 체크포스트를 조금 지나자 계곡이 보이고 한강철교와 비슷한 철제 트러스 다리가 보였다. 이 철제 다리는 모 케이블 방송의 드라마 '나인'에서 주인공이 형의 행적을 찾아 걸어가는 배경으로 나온 다리였기 때문에 짚에서 내려 드라마 속 주인공처럼 다리 위에서 한껏 분위기를 내봤다.

겸사겸사

비레탄티에서 힐레로 가는 길에 기사가 갑자기 차를 세웠다. 기사와 먼은 창문을 내려 길 가에 아이를 업고 있는 젊은 여자와 짐을 들고 있는 할아버지를 보며 뭔가 네팔어로 이야기한 후 나의 양해도 없이 짚의 뒷좌석에 그들을 태운다. 순간 사전에 나에게 허락을 구하지 않은 것에 대해 언짢은 기분이 들었지만 그 마음은 곧 그들을 왜 태우는지에 대한 궁금함으로 바뀌어버렸다. 하지만 왜 그들을 태웠냐고 물어 보지는 못했다. 아마 트레킹 하는 여행객은 트레킹 하는 길에 살고 있는 사람을 태우고 올라가야만 하는 룰이 있을 거라는 추측만 해봤다.

아이를 업고 있는 젊은 여자와 꽤 많은 짐을 들고 있는 할아버지

비레탄티에서 힐레로 넘어가는 철제 다리

를 태우고 짚이 올라갈 수 있는 가장 높은 곳인 힐레까지 가는 길은 완전한 오프로드다. 짚이 아니면 쉽게 올라갈 수 없는 곳이다. 울퉁불퉁한 길을 따라 짚이 요동치며 길을 올라간다. 길 중간 중간에 나야풀부터 걸어서 올라가는 사람들이 보인다. 짚을 타고 올라가면서 짚 때문에 잠시 옆으로 비켜야 하는 그들에게 미안한 마음이 들었다.

짚을 타고 힐레로 올라가는 길에 비레탄티에서 태운 아기 엄마와 할아버지를 각기 다른 곳에 내려줬다. 아이 엄마와 할아버지가 가족인 줄 알았는데 그렇지 않은 모양이다. 먼저 젊은 아이 엄마를 내려 주고 조금 지나자 할아버지를 내려 줬다. 탈 때와 내릴 때 대가를 받지 않는 것으로 보아 산골 마을에 사는 그들을 위해 가는 길에 겸사겸사 태워 주는 것 같아 보였다. 히말라야의 따뜻한 마음과 만남이었다.

짚은 조그마한 식당 옆에 겨우 짚 두 세댈 주차시킬 수 있는 곳에 도착했다. 트레킹을 계획하면서 힐레, 울레리, 타다파니, 고레파니 등의 안나푸르나 지역의 지명을 접하며, 도대체 어떤 모습을 하고 있을지 상상해 보았다. 첫 기대의 장소 힐레는 작은 가게와 두 대의 짚이 세차하고 있는 장면 밖에 연출할 수 없는 작은 장소였다.

첫 걸음

짚에서 내려 히말라야에 첫 발을 내디뎠다. 이제부터 열흘 간 히말라야의 대지와 함께 숨 쉴 수 있다는 설레는 마음과, 열흘 동안 잘 걸을 수 있을지에 대한 걱정이 뒤섞여 머릿속이 복잡했다.

지구란 행성이 울퉁불퉁한 움직임을 통해 생성된 이래 가장 아름답고 빼어난 자태를 만들어내고 그 모습을 여전히 간직하고 있는 안나푸르나의 모습을 마음속에 담으며 천천히 걷고자 스스로에게 다짐을 했고, 먼에게도 '비스타리(천천히)'란 말로 내가 어떻게 여행을 할 건지 전달했다.

걷기 시작하는데 사람들이 보이질 않는다. 많은 사람들이 듬성듬성 올라가며 그 뒷모습을 따라 산으로 향할 것 같았는데 앞뒤를 돌아봐도 사람들이 없다. 글과 사진으로 상상했던 것들이 막상 이곳에 와서는 아무 것도 맞는 것이 없다. 역시 글과 사진은 내 머릿속에 상상을 자극하는 매체이자 보조물일 뿐이었다.

한 걸음 한 걸음 내딛자 히말라야의 핏줄들이 와 닿는다. 히말라야의 대동맥이 내 발 밑에서 박동하는 듯하다. 드디어 히말라야의 따뜻한 품에 팔베개를 하며 안기고 있었다.

얼마간을 걷자 처음 만나는 마을 티게둥가의 표지판이 보인다. 첫 번째 만나는 이정표다. 잠시 확 트인 돌길을 걷자 산과 산 사이의 계곡을 가로질러 건널 수 있도록 이어주는 철제 다리가 나타났다. 비레탄티에서 만난 트러스 다리가 아니라 계곡을 이어주는 구름다리 모습의 다리이다. 첫 번째 만난 철제 다리기 때문에 건너기 전에 그곳에서 서서 사진도 찍고, 계곡 아래 흐르는 히말라야의 생명수를 내려다봤다. 회색의 철제 다리는 히말라야의 마을과 마을 사이의 위험 요소를 제거해 조금 더 안전하고, 빠르게 이동하도록 해 주고 있었다. 다리를 건널 때 출렁출렁 거리는 느낌이 말랑말랑한 침대 위를 걷는 느낌이다.

달밧

다리를 건너자마자 만난 티케둥가에서 히말라야의 첫 번째 식사를 했다. 네팔에 가면 꼭 먹어봐야 한다는 네팔의 전통 음식인 달밧(달바트)을 주문했다. 달밧은 가장 적은 연료를 소모하여 만들 수 있는 친환경적인 음식이고, 네팔을 대표하는 음식이라고 한다.

네팔의 전통 음식 달밧

처음 만난 달밧은 그냥 우리의 백반을 동그란 접시에 내온 느낌이다. 이국 음식과 첫 만남이지만 아무런 거부감 없이 뚝딱 해치웠다. 그리고 차를 한 잔 주문했다. 가이드 먼이 트레킹을 시작하면서 제일 먼저 한 조언은 고산병을 예방하려면 뜨거운 물과 차를 자주 마셔야 한다는 것이다. 그 말에 충실하기 위해 주문한 레몬차 한 잔과 함께 저 아래 걸어온 길을 바라보며 따스한 햇살과 함께 히말라야의 여유로운 시간을 즐겼다.

점심 식사 후 다시 산을 오르며 뒤를 돌아보니까 방금 거쳐 온 티게둥가 게스트 하우스의 지붕에 쓰인 티게둥가라는 글씨가 보인다. 산을 오르는 사람이 자신이 머물렀던 곳이 어떤 곳인지 알 수 있도록 롯지 지붕에 지명을 써놓았다.

지붕에 쓰인 티게둥가를 보며 발걸음을 옮기는데 옆에 뭔가 움직이는 것 같은 느낌이 든다. 티게둥가 게스트 하우스에서 점심을 먹을 때 눈이 마주쳤던 검둥이 개가 나를 졸졸 쫓아오는 것이다. 먼은 히말라야의 개들이 이렇게 트레커와 같이 트레킹에 나서는 경우가 종종 있으며 심지어 A.B.C까지 올라가는 개도 있다고 한다. 어디까지 쫓아올까? 계속 졸졸 쫓아온다. 낯선 이방인에게 뭔가 얻으려는 눈치인 것 같다. 딱히 줄게 없어 그냥 아는 체 하지 않고 앞서거니 뒤서거니 걸었다.

티케둥가를 뒤로 하고 올라가는 길에 저 멀리 네팔의 산간 마을이 보인다. 티게둥가의 높이가 1,540m이다. 높은 곳에서 계곡 저 건너편 산비탈의 마을 풍경이 세계를 축소해 놓은 디오라마(모형)처럼 펼쳐져 있다.

풍경을 감상하고 뒤돌아서서 올라가는 길에 돌을 쌓아 놓은 것이 마치 봉화대 같기도 하고, 신들에게 의식을 하는 것 같기도 한 돌무더기가 보였다. 여지없이 먼에게 물었다. 돌로 만든 구조물은 포터들이 짐을 내려놓고 쉬는 곳이라고 한다. 이제 보니 서서 짐을 내려

티케둥가에서 힐레 쪽을 바라본 풍경

놓기 좋은 높이에 계단처럼 돌층계가 되어 있었다. 그리고 살짝만 발을 디뎌 올라가면 앉아서 쉴 수도 있도록 해 놓았다. 히말라야가 간직한 것들의 의미를 하나씩 알아가고 있었다.

아직도 검둥이는 쫓아온다. 언제 즈음 검둥이는 처음 만났던 티게둥가로 돌아갈까? 뒤를 돌아보니 내가 걸어 왔던 길들이 아주 조그마한 실개천처럼 멀리 보인다. 기분이 묘하다. 실개천을 걸어 더 높은 곳으로 향하면서 히말라야의 아름다움을 순간순간 볼 수 있는 기쁨에 취해 있었다. 뒤를 돌아보고 있는 사이 갑자기 위에서 당나귀 떼가 내려온다. 짐을 실은 당나귀들이 내리막길을 조심조심 내려오고 있다. 가스통, 음식, 나무 등 히말라야의 고산 지대에 인간을 대신해서 짐을 운반하고 있었다.

첫날밤

높은 산의 아름다운 전망과 힘들어 보이는 당나귀, 포터들을 위한 쉼터, 검둥이 개 등과 함께 한 트레킹 첫날을 마무리할 즈음 히말라야의 첫 번째 숙소인 울레리의 '나이스 뷰 게스트 하우스'에 도착했다. 안나푸르나 뷰, 마운틴 뷰 등등, 이곳의 모든 롯지 이름에 '뷰'가 들어가 있다. 히말라야를 걷는 내내 지배하는 단어는 '뷰'일 거란 생각이 든다. 뷰에 죽고 뷰에 살아야 한다. 저 멀리 안나푸르나가 오늘 하루 힘겹게 걸은 나를 보고 살짝 웃는 것 같다.

처음 맞이하는 히말라야의 숙소 내부는 과연 어떻게 생겼을까?

궁금증과 기대를 반씩 가진 채 숙소로 들어갔다. 옆방과 경계는 나무로 되어 있어 기침 소리까지 들릴 정도로 벽은 허술했고, 문을 여닫고, 잠그는 데는 자물쇠가 사용됐다. 경첩이 서로 맞지 않아 방문을 잠그기가 힘들었다.

트레킹을 즐기는 히말라야 검둥이

억세게 힘을 쓰지 않으면 잠기지 않는 방의 자물쇠를 다루다가 오른쪽 손등에 생채기가 났다. 준비해간 소독약으로 상처 부위를 소독한 후 덧나지 않도록 약을 발랐다. 조심성이 없어 다친 것은 안타까웠지만 웬만한 비상약과 소독 키트를 전부 준비했기 때문에 쉽게 치료할 수 있었다. 히말라야 롯지에 가면 방문을 잠그고, 여는 것에 아주 세심한 주의가 필요하다.

저녁 식사로 달밧과 토마토 어니언 샐러드, 모모(네팔식 만두)를 주문하여 과할 정도의 저녁을 먹었다. 걷기 시작한 첫날이라 에너지 소비가 많았기에 충분한 보충이 필요했기 때문이다. 정신없이 허기진 배를 채우고 방으로 들어오자마자 갑자기 정전이 됐다. 급 당황. 엉금엉금 기다시피 복도를 따라 불빛이 보이는 식당의 로비로 이동하자 그곳에는 정전을 대비한 랜턴이 있었다. 네팔엔 불완전한 전기 공급으로 인해 정전이 자주 있다고 했는데 지금이 바로 그 순간인가보다. 하지만 곧 언제 그랬냐는 듯이 전기가 들어 왔다. 어린 시절 등화관제 훈련 때가 생각난다. 인위적인 정전 후에 '공습 경보'란 방송이 나오고, 금세 다시 전기가 들어오는 상황 말이다. 이곳의 정전은 '공습 경보'란 말만 없었지 그런 상황과 비슷하게 느껴졌다.

밤하늘의 별

첫날의 일등공신인 양말을 널어놓으려고 식당 위 옥상으로 올라간 순간 두 번째 정전이다. 금세 이어진 정전에 조금 짜증이 나려는 순간 하늘을 쳐다봤다. 촘촘히 빛나고 있는 별들이 쏟아질 듯 환상적인 모습으로 날 내려다보고 있다. 해발 1,960m의 울레리에서 하늘의 별들이

"난 이 자리에 계속 있었는데 넌 왜 날 쳐다보지 않았니."

라고 말하고 있었다. 히말라야의 별들과 황홀한 첫 만남이다. 그 자리에 우두커니 서서 뭐라고 대답하지 못하고, 입만 벌린 채 고개를 뒤로 젖히고 한참을 쳐다봤다.

별과 첫 만남의 황홀감을 유지한 채 방으로 내려왔다. 드디어 난

방이 되지 않는 방에서 첫밤을 보내야 한다. 온전히 침낭 속에서 나의 온기만으로 히말라야의 겨울밤을 이겨내야 한다. 그것만으론 부족할 것 같아 침낭 속에 온기를 주기 위해 식당에서 핫 워터 테라모스(큰 보온병 크기의 물통 사이즈를 의미함. 약 2에서 3리터의 물을 담을 수 있는 크기이다.)를 주문했다. 미리 준비해 간 500㎖짜리 플라스틱 물통(날진 물통이라고도 부름) 두 개에 따뜻한 물을 채워 침낭 안에 넣어 두었다. 잠시 후 침낭 속은 따뜻한 기운이 가득했다.

추위를 덜었다는 기쁨도 잠시, 옆방에서 떠드는 중국인들 소리가 나무판자로 경계를 만들어 놓은 벽을 넘어 여과 없이 들어온다. 판자 벽 사이의 틈으로 다른 방에서 피는 담배 연기까지 시끄러운 소리와 경쟁하듯 밀려 들어왔다.

'이걸 어쩌지.'

'이 악조건 속에서 잠을 잘 수 있을까.'

하지만 카트만두에서 포카라로 경비행기를 타고 포카라에서 힐레로 짚을 타고, 힐레에서 울레리로 트레킹한 빡빡한 일정으로 때문에 악조건 속에서도 어느새 잠들어버렸다.

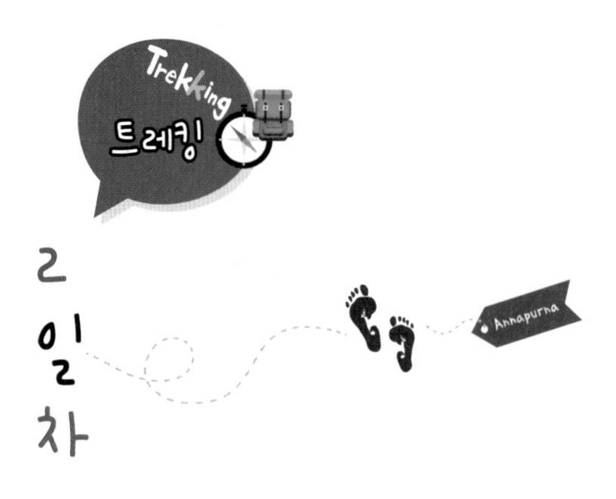
Trekking
트레킹
2
일
차
Annapurna

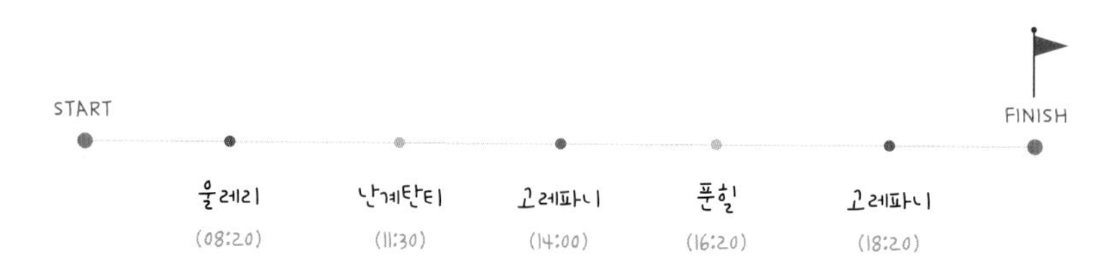
START
FINISH
울레리
(08:20)
난계탄티
(11:30)
고레파니
(14:00)
푼힐
(16:20)
고레파니
(18:20)

안나푸르나 (8091m)
신구출리 (6501m)
마차푸차레 (6997m)
안나푸르나 사우스 (7219m)
A.B.C (4130m)
M.B.C (3700)
데우랄리 (3230)
히운출리 (6441m)
도반 (2600)
밤부 (2310)
(3193)
푼힐
(3180)
반단티
(2855)
추일레
시누와 (2360)
촘롱 (2170)
(2860) 고레파니
타다파니
(2630)
지누단다 (1780)
(2430) 난계탄티
(1960) 울레리
간드룩 (1940)
(1540) 티게둥가
김체 (1640)
(1430) 힐레
(1070) 나야풀

첫 일출

일어나자마자 히말라야의 울퉁불퉁한 산맥에 아침 햇살이 살포시 내려앉는 일출을 보려고 롯지 옥상으로 올라갔다. 히말라야의 만년설은 햇살이 와 닿는 것이 부끄러운 듯이 붉은 빛을 띤 주황색으로 물들어 가고 있다. 그 부끄러움은 그 자리에 멈춰 한참을 바라보도록 하는 마법을 지니고 있었다.

먼과 약속된 시간(8시 30분)에 출발하기 위해 필요한 짐을 정리하고 분류해서 가방을 싸고, 아침 식사를 하러 식당으로 갔다. 산행을 하려는 모든 사람들이 같은 시간에 식사를 하는 아침에는 식사를 고르고, 주문하고, 기다리는 데 무척 오랜 시간이 걸렸다. 첫날부터 너무 오랜 시간 식당에서 시간을 보냈다. 꽤 오랜 시간이었다. 기다리면서 내일부터는 뭔가 다른 방식으로 아침을 맞이해야겠다는 생각이 들었다.

고민 끝에 해낸 생각은 내일부터 저녁 식사 후 아침 메뉴를 주문하고, 다음날 아침에는 전날 미리 주문해 놓은 메뉴를 정해진 시간에 식사하는 것이다. 이것이 가능한지 먼에게 물었다. 먼은 흔쾌히 가능하다고 한다. 그의 대답을 듣고

"비스타리, 비스타리"

외치며 시작한 여행에 조급증이 발동된 게 아닌가 생각해 봤다. 하지만 이른 아침 시간에 식당이라는 공간에서 너무 많은 시간을 낭비하는 느낌이 들어 이 부분은 아쉽지만 '비스타리'와 타협하기로 했다.

마차푸차르

울레리를 떠나 발걸음을 내딛자마자 마차푸차레가 웃는다. 두 개의 이름 없는 산 사이로 그 틈을 비집고 살며시 고개를 내밀고 배시시 웃고 있다.

마차푸차레는 높이가 6,997m이며 '마차푸차르'라고도 한다. 네팔어로 마차는 '물고기', 푸차레는 '꼬리'라는 뜻이다. 산꼭대기 모습이 물고기의 꼬리지느러미처럼 둘로 갈라진 봉우리가 있는 영험한 산이다. 히말라야에서 등반하기에 가장 어려운 산 중 하나이며 등반이 금지된 산이라고 한다.

1957년 영국의 노이스 등반대가 마차푸차레의 가파른 계곡 때문에 정상 근처 45m까지 접근했으나 정상 등정에 실패했다고 한다. 이후 네팔 정부는 마파푸차레의 입산을 허락하지 않았다고 한다.

"마차푸차레 정상에 오른 사람은 없어요."

먼은 마차푸차레 정상에 오른 사람이 없으며, 영험한 산 마차푸차레는 네팔 사람들이 신성시 여기는 산이라는 것을 강조했다. 네팔에 처음 간 사람들은 비슷하게 생긴 여러 개의 안나푸르나 봉우리들을 잘 구분하지 못한다. 안나푸르나 사우스와 1봉, 2봉, 3봉 4봉은 비슷비슷하게 생겼기 때문이다.

사람들은 히운출리를 보고 안나푸르나로 착각하며, 자신만만하게 안나푸르나라고 말하기도 한다. 나도 내가 가져간 지도를 보면서도 히운출리를 안나푸르나 사우스로 착각했다. 하지만 누구나 구분할 수 있는 산이 있다. 바로 마차푸차레이다. 마차푸차레는 어느 각도, 어느 위치에서 봐도 마차푸차레임을 알 수 있을 정도로 유일무이한 특징을 지니고 있다. 아마 이런 것도 신성시 여기는 요인의 하나일 거란 생각이 들었다.

푼힐의 일몰을 봅시다

히말라야가 축복하는 햇살과 함께 울레리를 떠나 고레파니로 향했다. 고레파니는 안나푸르나 라운딩을 하는 사람이나 푼힐을 거쳐 A.B.C로 트레킹하는 사람들이 반드시 지나쳐야 하는 곳이다. 푼힐 전망대에는 숙소가 없기 때문에 고레파니에 머물면서 푼힐 전망대에 도전하는 곳이기도 하다.

푼힐! 인터넷에서 푼힐이라는 검색어를 넣으면 숱하게 많은 자료들이 나열된다. 몇 개의 쇼핑몰 사이트에 접속해서 침낭 광고를 살펴보면 푼힐 전망대의 고도를 나타내는 표지판을 배경으로 침낭의 보온성이 우수함을 광고하는 것을 쉽게 볼 수 있다. 누구나 로망으로 여기는 푼힐 전망대에서 하룻밤을 따뜻하게 보낼 수 있는 걸 메시지로 전달하고 있다. 그만큼 푼힐은 세계적으로 유명한 전망대이다.

푼힐에 올라서면 세계에서 가장 높은 10대 봉우리 중에 두 개를 볼 수 있다. 다울라기리 1봉(8167m: 세계에서 일곱 번째로 높은 산)과 안나푸르나 1봉(8091m: 세계에서 열 번째로 높은 산)이다. 오늘 바로 그곳

푼힐에 간다. 인터넷에서 사진과 동영상을 살펴보며 동경하던 곳이다. 오늘은 꿈에 그리던 그곳에 직접 내 두 발로 우뚝 서서 세상의 지붕을 이루고 있는 웅장하고 아름다운 히말라야를 내 두 눈에 넣을 수 있는 날이다. 아직 고산도 아닌데 고산병인 것처럼 심장이 쿵쾅거린다.

원래 계획한 일정은 고레파니에서 하루 자고 다음 날 푼힐의 일출을 보려고 했다. 하지만 먼이 푼힐의 일출은 아주 짧은 순간에 일어나고 푼힐 외의 여러 곳에서도 더 아름다운 일출을 볼 수 있는 곳이 많다고 한다. 오히려 푼힐에서는 일몰이 더 환상적일 거라고 조언한다.

팔랑귀를 가진 터라 그의 말을 듣고, 육체적으로 조금 무리가 가더라도 푼힐의 일몰을 보기로 결정했다. 아주 특별한 일몰을 볼 수 있다는 기대감에 부지런히 고레파니로 향했다.

마차푸차레 조금

반탄티란 곳의 '마차푸차레 게스트 하우스' 야외 식당에서 지친 발걸음과 가쁜 숨을 잠시 식탁 위에 올려놨다. 산에 오르려고 하는 사람들의 숨을 멈춰버릴 기세로 산 아래를 굽어보고 있는 마차푸차레가 보인다.

"마차푸차레 조금"

이라고 먼이 한국말로 외쳤다.

먼은 마차푸차레나 안나푸르나 본봉과 사우스가 조금이라도 보이면 그때마다 한국말로 '조금'이란 말을 했다. 특히 마차푸차레에 대한 집착이 남달랐다. 마차푸차레의 꼬리 모양 봉우리가 조금이라도 보이면 계속해서 '마차푸차레 조금, 조금'이라고 외쳤다.

그리고는 마차푸차레는 등반가들이 한 번도 그 정상을 올라간 적이 없고, 네팔 사람들이 신성시 여기는 산이란 말을 무한 반복하며 내가 마차푸차레를 특별하게 생각해 주기를 바라는 듯 했다.

어제 포카라 공항에 처음 내렸을 때 가장 먼저 눈에 들어 온 산이 마차푸차레였다. 포카라 공항에서 바라볼 때 가장 높아 보였기 때문이다. 실제 높이는 6,997m로 안나푸르나 1봉의 높이인 8,091m보다 한참 낮다. 하지만 원근법이 빚어낸 마술로 인해 마차푸차레가 더 높아 보였다. 아마도 측량 기술이 발달하지 못했던 시절에는 가장 높게 보이는 산이 가장 높은 것으로 여겼을 지도 모른다. 문명이 발달한 현재도 그 정상을 아무도 밟지 못했고, 밟지 못하게 하기 때문에 그들이 더더욱 신성시 여기는 것이 아닐까.

잠시 마차푸차레와 함께 한 쉼 후에 오늘의 목적지 고레파니로 향했다. 지난 가을, 대관령 산자령에 간 적이 있었다. 그곳에서 산행을 하며 히말라야를 걷는 느낌이 어떨까 생각해 봤는데, 어느 덧 내 몸은 히말라야에 와 있다. 그 길을 걷고 있다. 믿기지 않는다. 공간과 시간을 순식간에 이동한 느낌이 들었다.

포터들이 짐을 올려놓고 쉴 수 있는 공간

서서히 고도가 높아지자 눈과 고드름이 보인다. 포카라에 도착했을 때만 해도 눈과 고드름과는 거리가 먼 따뜻한 가을 날씨였는데, 하루 만에 겨울이 되었다. 아니 몇 시간 만에 겨울이 됐다. 얼어있어 아무 것도 움직일 것 같지 않은 계곡을 따라 물이 흐른다. 그 물을 건너는 다리 위로 탈쵸가 나부끼고 있었다. 먼이 탈쵸를 보고 나에게 '옴마니 반메훔'이라고 발음한다.

예전에 '궁예'라는 드라마에서 많이 들었던 말이다. 탈쵸가 바람에 나부끼면서 '옴마니 반메훔'이라고 말하는 것 같다. 탈쵸를 보고 이곳 네팔이 힌두교뿐만 아니라 불교의 나라이며 석가모니가 태어난 나라인 걸 다시 한 번 생각하게 됐다.

쿠마리

고드름이 있는 계곡을 지나 '쿠마리'라는 레스토랑에 도착했다. '쿠마리'는 산스크리트어로 '처녀'를 뜻하고, 네팔에서는 열 살이 채 안된 여자 아이를 복잡한 심사과정을 거쳐 선발한 후 '살아있는 여신'으로 섬기며 쿠마리라고 부른다고 한다. 쿠마리의 역할은 사람들의 고민을 들어주고, 복을 주는 역할이다. 살아있는 여신 쿠마리가 첫 생리를 시작하면 여신의 자리를 내놓고 평범한 여인으로 돌아오게 된다.

쿠마리 레스토랑에서는 식당만큼이나 작고 아담한 주인 할머니가 차와 간단한 음식을 팔고 있었다. 그 할머니가 어린 시절 쿠마리였을까. 그냥 그 레스토랑의 이름이 쿠마리라는 것에서 잠시 상상의 나래를 펼쳐봤다.

그곳에서 먼은 나에게

"어떤 차를 마실 거예요?"

라고 물었다. 이 자그마한 휴게소 같은 식당에서 차를 꼭 마셔야 한다는 권유가 섞인 어조였다. 권유가 아니다. 내가 반드시 차를 마셔야 한다는 의미를 포함하고 있는 것 같았다. 그의 말에는 고산병을 예방하기 위해 뜨거운 차를 마셔야 함을 알려 주는 것이고, 쿠마리 같은 할머니가 혼자 운영하고 있는 이곳에서 차를 마시고 가야 내가 덕을 쌓을 수 있다는 것을 의미하는 것처럼 느껴졌다.

추워진 날씨에 한기도 느껴지고 덕을 쌓고 싶은 생각도 들어 차를 주문했다. 물론 따뜻한 차를 한 잔 마시고 싶었던 것이 가장 큰 이유였지만, 무얼 고를까 고민하다가 나보다 먼저 주문해서 차를 마시고 있는 면과 같은 진저티를 주문했다. 별 기대 없이 시킨 진저티는 의외로 굉장히 풍부한 맛을 지니고 있었고 갑자기 변한 계절을 따뜻하게 감싸주기까지 했다.

'쿠마리 레스토랑'에서는 힐레에서 울레리로 오는 길목에서 만났던 말레시아 사람과 한국에서 오신 노신사 분을 만나 트레킹에 대한 이런 저런 이야기를 하면서 쉼의 시간을 보냈다. 걷다가 쉬면서 마신 따뜻한 진저티 한 잔의 깊은 향이 한참 동안이나 가슴속을 따뜻하게 해 주었다.

아주 작은 쿠마리 레스토랑에서 인상 깊었던 것은 울레리와 타다파니에 쓰여 있는 중국어 일색의 메뉴판과는 달리 한국어로 쓰인 메뉴판이었다. 얼마나 많은 한국인들이 이곳을 찾았으면 '차, 커피, 한국라면, 네팔라면, 맛있는 식당'이란 한국어로 안내를 할까.

진저티와 함께한 추억을 간직한 채 30여 분을 더 걸어 12시 즈음에 난계탄티에 도착했다. 아침 8시 30분에 출발해서 쉬엄쉬엄 사진을 찍으며, 경치를 감상하며 이것저것 물어보며 걸었기 때문에 3시간 30분 정도 걸려서 도착했다.

Hungry Eye Restaurant!

디오게네스의 일광욕

식당 이름이 참 멋있다. Hungry Eye Restaurant! 정말 이곳 즈음에 도착하니까 너무 배가 고파서 배고픈 눈이 돼버렸다. 따뜻한 햇살은 나를 야외 식당에 주저앉아 주문을 하도록 마법을 걸고 있었다.

티케둥가부터 쫓아오던 검둥이가 내 옆에 철퍼덕 눕더니 퍼져 버린다. 아무 것도 주지 않는 날 소득 없이 쫓아온 게 힘들었던가 보다. 소득 없이 쫓아 왔던 것이 억울했는지 난계탄티를 떠난 후 더 이상 이놈은 쫓아오질 않았다.

따스한 햇살 아래 식사와 함께 레몬 차 한 잔을 주문한 후 햇살과 함께 그 따뜻함을 온몸에 쏟아 넣었다. 의자 위에 두 다리를 쭉 뻗고 지상에서 가장 편안한 자세로 점심을 먹었다. 그리고는 후식으로 차 한 잔을 마시는 느낌은 현재 내가 경험할 수 있는 최고의 행복이었다.

그리스의 철학자 디오게네스가 일광욕을 하고 있을 때 알렉산드로 대왕이 찾아와 소원이 무어냐고 물었다고 한다. 그 때 디오게네스가 내게 비추고 있는 햇살을 가리지 말고 비켜달라고 했다는 말이 생각났다. 아마 누가 나에게 지금 소원이 무엇이냐고 물으면 지금 내가 쬐고 있는 햇살을 가리지 말아달라고 했을 거다. 이곳은 히말라야가 부여한 느림과 관용과 배려의 미학을 느낄 수 있는 곳이었다.

웰컴 투 고레파니 푼힐

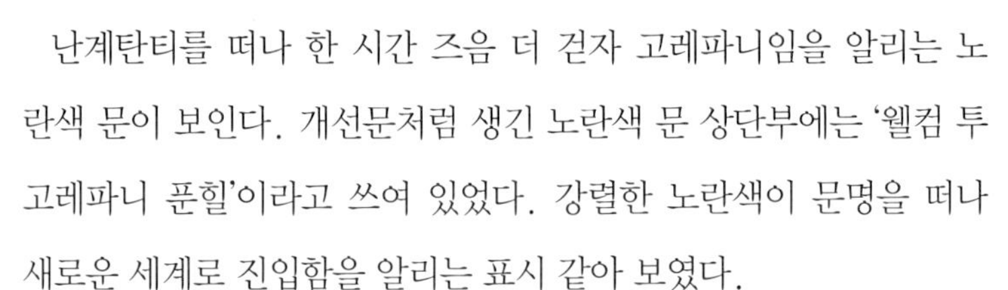

난계탄티를 떠나 한 시간 즈음 더 걷자 고레파니임을 알리는 노란색 문이 보인다. 개선문처럼 생긴 노란색 문 상단부에는 '웰컴 투 고레파니 푼힐'이라고 쓰여 있었다. 강렬한 노란색이 문명을 떠나 새로운 세계로 진입함을 알리는 표시 같아 보였다.

시선을 돌리자 문 입구 양쪽에는 쓰레기를 버리지 말라는 당부의 말이 쓰인 초록색 쓰레기통이 보인다. 고레파니와 푼힐의 첫 인사가 쓰레기를 버리지 말라는 문구와 쓰레기통이다. 문명에서 온 사람들의 이기심이 3,000m가 넘는 이곳에 쓰레기를 버리고 문명인의 징표를 얼마나 남겼기에 이방인을 처음 맞이하는 문구가 쓰레기와 관련된 것일까?

고레파니를 알리는 관문

다큐멘터리에서 에베레스트와 안나푸르나가 쓰레기로 몸살을 앓고 있다는 내용을 봤었다. 지상에서 가장 높은 쓰레기장이 히말라야라고 비아냥거리는 내용이었다. 문명의 이기는 해발 3,000m인 이곳에서도 여지 없이 그 흔적을 남기고 가나보다.

고레파니 마을 중앙에 들어서자 네팔 사람들이 짐을 옮길 때 쓰는 대나무 바구니 하나가 들판에 남겨져 있는 것이 보인다. 옛날 우리나라 넝마주의가 지고 다니던 것과 비슷한 모양이다. 호기심이 발동해서 잽싸게 머리에 한번 얹어 봤다. 물론 빈 바구니였다. 네팔 사람들의 바구니를 머리에 얹어 보고 잠시 네팔의 문화와 그들의 삶을 느껴 봤다.

네팔 사람들이 짐을 운반할 때 쓰는 바구니

저녁노을을 향해

조금 더 걷자 병원이 보인다. 우리나라 한라산보다 약800m 이상 높은 곳에 있는 병원인 셈이다. 해발 2,860m의 고레파니는 병원, 빵집, 서점 등 다양한 편의 시설을 갖춘 교통의 요충지 역할을 하고 있었다.

고레파니에 2시 즈음에 도착했다. 너무 이른 시간이라 롯지 내 숙소에서 잠시 쉰 후 오후 4시 즈음에 이른 저녁을 먹고 푼힐의 일몰을 보러 가기로 계획했다.

푼힐은 일출보다 일몰이 더 멋있다는 먼의 권유(먼의 개인적인 생각)에 따라 저녁노을을 보기로 한 것이다.

울레리부터 계단을 오르는 여정으로 지친 몸을 추스르고, 롯지에 짐을 풀었다. 추워진 날씨로 인해 한국에서 가져온 인스턴트 커피 한 잔을 마시려고 커피 봉지를 꺼내는 순간.

"와우!"

일회용 커피 봉지가 금방이라도 터질 듯이 빵빵해져 있었다. '드디어 고산에 접어들었구나!' 비닐봉지가 부풀어 오른 것을 보고 내가 지금 고산에 올라온 것을 실감하게 됐다.

갑자기 두려운 상상이 든다. 터질 것 같은 커피 봉지처럼 내 혈관도 이런 상태가 아닐까. 혈관이 빵하고 터지면 어떡하지. 아까 본 병원으로 가야하나. 하지만 커피 봉지가 '빵'하고 터지질 않고, 여전히 그 상태로 유지하는 걸 보니 내 혈관이 이 커피 봉지보다는 더 질기고 튼튼할 거란 생각에 금세 두려움을 떨쳐 버렸다. 아주 조금은 두려움이 남아 있었지만.

푼힐에 올라가려고 약속한 시간까지 두 시간 정도 남았다. 숙소에서 이불을 겹쳐 잠시 누워 있는데 졸음이 밀려온다. 지친 탓이라 생각하고, 알람을 오후 4시에 맞춰놓고 잠시 잠을 청했다. 알람 소리에 꿀맛 같은 잠에서 깼다. 으스스 온 몸에 한기가 느껴진다. 숙소에는 어떠한 난방시설도 되어 있지 않았기 때문에 내가 입은 옷이 체온을 보존할 수 있을 정도의 따뜻함만 느낄 수 있었다. 크게 숨을 내쉬자 하얀 김이 뿜어져 나온다.

한기를 추스르고, 푼힐로 올라갈 준비를 했다. 고레파니보다 더 높은 고도에 있고, 일몰을 보고 내려 올 때는 해가 진 상태라 더 추울 거 같아 입고 있는 봄가을용 등산바지를 벗고, 겨울용 등산 바지로 갈아입었다. 이곳으로 오는 도중에는 내리쬐는 햇살의 따스함 덕분에 겨울용 등산바지가 필요 없었다. 하지만 이곳 고레파니의 날씨는 겨울용 등산바지가 필요할 만큼 확연히 달랐다.

고산 증세인가

푼힐로 향하려고 밖으로 나갔는데 갑자기 머리가 콕콕 아파왔다. 방에서보다 더한 한기가 느껴졌다. 워낙 몸에서 열이 많이 나고 추위를 타지 않는 체질인데 갑자기 내 몸속을 스멀스멀 파고드는 추위를 이기지 못할 것 같았다. 두통도 있다. 딱따구리가 머리를 꼭꼭 찍는 듯하다. 일단 높은 고도에 왔고, 하루 종일 계단을 오르느라 힘들어서 그런 것으로만 생각했다.

마을 어귀를 돌아 푼힐로 향하는 계단에 들어섰다. 종일 계단을 오를 때와 다른 느낌이다. 한발자국 내디딜 때마다 숨 쉬기가 곤란하다. 한 계단 한 계단 오르는데 숨이 차고 머리가 깨질 듯이 아프다. 멀미하는 것처럼 미식미식 거린다. 꼭 경유자동차의 매연을 마시거나 낡은 버스에 탔을 때 나는 냄새를 맡은 후 느끼는 기분이다.

푼힐에 올라가기가 이렇게 힘든 건가? 지금까지 잘 걸어 왔는데 푼힐로 가는 여정은 왜 이렇게 힘든 걸까? 이게 고산병인가? 만감이 교차한다.

올라가는 중간에 내려오는 한국 청년들이 보인다.

"안녕하세요. 어, 한국사람 맞으시죠. 와~ 한국 사람처럼 생겼다."

라고 말하더니

"힘내서 올라가세요. 풍경, 정말 죽입니다."

라고 인사를 건넨다. 그들의 말을 듣자 머리가 아프고, 숨이 가쁘고, 속이 미식거리는 것이 싹 가시는 듯했다. 실제로 고산 증세의 통증은 푼힐 전망대에 올라서 아스피린 한 알을 먹자 조금 나아졌다.

한국 청년들과 헤어지면서 갑자기 그들에게 궁금한 점이 생겼다. 왜 그들은 조금만 기다리면 벌어질 멋진 푼힐의 일몰 광경을 보지 않고 내려오는 걸까?

아무도 푼힐의 일몰이 환상적이라고 얘기해 주지 않은 걸까? 아니면 푼힐에 오래 머물지 못하는 다른 이유가 있나? 아마도 어두워지면 위험할까봐 내려오는 걸까?

여러 가지 생각에 빠진 채 걷다보니 여기서부터 푼힐임을 알리는 관문 앞에 이르렀다. 의장대의 경계병처럼 위엄을 기지고 양쪽 편에 우뚝 서있는 기둥이 그곳의 아름다운 풍경을 호위해 주는 것처럼 보였다.

관문을 통과하자, 아주 오랫동안 그 자리를 지켜왔을 거 같은 가장자리에 약간 녹이 슨 검정색과 흰색의 철제 안내판이 우뚝 서서 푼힐에 도착한 나를 대견하다는 듯이 반기고 있었다.

3210m 높이에 있는 푼힐 전망대

철제 안내판에는 'POON HILL 3,210M'라고 쓰여 있었고, 안내판 주변엔 먼저 올라 온 중국인들이 사진을 찍느라고 북적거리고 있었다. 너무 시끄럽게 떠들어서 사진 속에 소리가 들어갈 지경이었다. 사진 속에 감동의 순간을 남기려고 조바심이 생겼지만 꾹 참고 기다렸다. 감동의 순간을 남기는데 조바심까지 촬영 될까봐 걱정하며 차례를 기다렸다.

조금 기다린 후 푼힐을 알리는 철제 안내판 옆에서 '찰칵'. '찰칵'.

인터넷에서만 보던 장소에서 내가 주인공이 되어 사진을 찍을 수 있다니. 그것도 세계의 지붕 히말라야에서.

"나, 지금 히말라야 푼힐에 서있다!"

너무 감격스러워 아주 조그마한 목소리로 소리 질렀다.

"세상 사아~람~드을~"

"저 멀리 다울라기리와 안나푸르나 1봉, 안나푸르나 사우스, 마차푸차레가 가지런히 놓여있는 이곳에 내가 서있어요."

내 눈 앞을 가로막는 어떤 방해물도 없다. 탁 트인 푼힐 전망대에는 히말라야의 기라성 같은 봉우리들이 파노라마처럼 펼쳐져있다. 정말 버킷리스트에 포함되어야할 풍경이다. 지구란 행성에 존재하면서 꼭 봐야 할 풍경이다. 이걸 못보고 죽었다면 정말 억울할 뻔했다.

푼힐의 일몰

서서히 서편 하늘이 주황빛으로 바뀌고 있다. 한 낮 동안 이글거리며 똑바로 쳐다보지 못하게 했던 태양이 이제야 자신을 똑바로 쳐다볼 수 있도록 허락하고 있다.

안나푸르나, 안나푸르나 사우스, 히운출리, 마차푸차레

조금 더 높은 곳에서 히말라야의 태양이 만들어낼 숨막히는 순간을 감상하기 위해 인공 구조물인 철제 전망대에 올라갔다. 서서히 저 멀리 태양이 히말라야 봉우리들 위의 만년설들을 주황빛으로 물들이고 있었다.

일몰엔 지는 해의 모습을 바라보거나 지는 해가 만들어낸 구름의 빛깔을 보는 것이 일상적인 데, 오늘은 지는 해의 햇살이 살포시 내려앉은 히말라야의 만년설을 바라보고 있었다. 그것들이 만들어 내는 주황빛 설산을 바라보고 있었다.

먼은 나에게 장황하게 설명을 한다. 푼힐에서 일출의 순간은 짧지만 일몰의 순간은 길고 더 아름답다고. 일출은 어느 곳에서나 비슷하지만 일몰은 푼힐에서 특별하다고 계속해서 말하고 있다. 일몰을 감상한 나의 선택은 '굿 초이스'라며 엄지손가락을 치켜세운다.

푼힐의 일출은 사람들이 많이 보지만 일몰은 그리 많은 사람들이 보지 않는다고 한다. 그 이유는 내려가면서 알 수 있었다. 어둑어둑해진 저녁 6시가 다 돼 내려오면서 아름다움을 본 대가로 그 만큼

히말라야의 일몰

의 위험이 따른다는 것을 알았다.

해가 진 후 푼힐에서 고레파니로 내려오는 길은 암흑 그 자체였다. 미리 준비해간 플래시로 길을 밝히며 조심조심 내려와야만 했다. 중간 중간에 눈과 얼음이 있어 더 어려운 길이었다. 앞서가던 중국인들이 녹지 않고 얼어있는 돌계단을 잘못 디뎌 미끄러진다. 나도 아차 하는 순간에 조금 미끄러졌다. 아름다움을 감상한 대가를 충분히 지불해야 한다는 마음으로 조심조심 내려왔다.

거의 마지막으로 내려오면서 뭔지 모를 뿌듯함이 든다. 다른 사람들이 하지 못한 걸 내가 했다는 그런 기분이랄까. 1월, 푼힐의 가장 아름다운 밤의 마지막을 간직하고 오는 느낌 때문이랄까. 사람들이 별로 없는 시간까지 충분히 푼힐을 감상하고 왔다는 뿌듯함 덕분에 나의 마음이 뭔가 모를 것들로 가득 채워졌다.

쏠라 파워

숙소에서 바지를 벗었더니 겨울용 기모바지가 땀에 흠뻑 젖었다. 차가운 날씨에도 불구하고 온 몸이 땀에 절어 있었다. 내려오면서 얼어붙은 계단 때문에 온 몸이 긴장했던 탓이다. 땀으로 몸이 끈적끈적했다. 샤워를 하면 고산병에 걸릴 수 있다는 걱정을 접어두고 샤워를 해야겠다는 마음이 앞섰다. 고레파니부터 샤워를 하지 말라고 했지만 샤워를 하지 않고는 잠들 수 없을 것 같았다.

핫 샤워(네팔 히말라야에서는 뜨거운 물이 귀해 샤워라는 단어 앞에 꼭 '핫'이라는 수식어를 붙인다.)를 하려고 샤워 실로 들어갔다. 비록 방과 방 사이는 합판 같은 것으로 막혀있었지만 내가 머문 복도 끝 방에는 시멘트벽으로 칸막이가 된 샤워 시설이 딸려 있었다. 트레킹하기 전에 가급적이면 화장실과 샤워 실이 딸린 방을 구해달라는 것이 나의 요구 사항이었다. 샤워 실이 딸린 방이라 해도 우리 돈으로 3,000원에서 5,000원 정도를 더 주면 구할 수 있었다. 그 정도의 금액으로 샤워 실이 딸린 방에 머물 수 있다면 호사라고 생각했다. 하지만 이곳 히말라야 롯지에 오면 호사란 단어와는 거리가 멀다는 것을 알 수 있다.

땀으로 젖은 몸을 씻기 위해 뜨거운 물을 온 몸에 뿌린 순간, 울레리에서도 그랬듯이 갑자기 정전이다. 샤워 중에 정전이라니, 젖은 채로 오들오들 떨며, 등산 배낭에서 플래시를 꺼내 불을 켜고 샤워 실 벽에 걸었다. 간접 조명으로 형체만 보이는 채로 나의 샤워는 계속됐다. 그래도 뜨거운 물이 계속해서 나오는 게 어딘가. 중간에 뜨거운 물이 나오지 않으면 어둠 속에서 추위에 떨어야 할지도 모르는 최악의 상황이 발생할 수 있었을 텐데.

먼이 뜨거운 물은 태양열(Solar Power)로 데우기 때문에 저장해 놓은 양의 물을 다 쓰면 물이 떨어져 샤워를 할 수 없을 거라고 겁을 줬다. 하지만 지금은 1월, 비수기이고 이 롯지에는 사람이 거의 없기 때문에 중간에 끊어질 리는 없다고 했다.

희미한 플래시 불빛의 은은한 간접 조명에 의존해 어둠 속에서 힘든 샤워를 하고 방으로 돌아왔다. 방안에 플래시를 걸어 놓으려고 이리저리 비추다가 한 쪽 벽면에 쏠라 파워라고 쓰여 있는 스위치가 눈에 들어 왔다. '이게 뭘까' 하고 스위치를 눌렀다. 불이 들어온다.

아! 이걸 몰랐다니.

태양열은 물만 데우는 게 아니라 전기를 비축하는 역할도 하고 있었다. 벽면에 쓰여 있는, 그 쉬운 단어 쏠라 파워도 읽지 못하고 이런 고생을 하다니. 아니 읽지 못한 게 아니라 찾지 못한 것이지만. 먼도 영어로 본인과 의사소통하는 내가 쉬운 영어인 쏠라 파워도 읽지 못할 거라고 생각하지는 못했을 거다. 창피해서 차마 먼에게 플래시를 켜고 샤워를 했다고 말하지 못했다.

난로의 온기

샤워를 하고 몸을 말리기 위해 식당으로 내려가서 난로 옆에 앉았다. 푼힐에 다녀와서 출출한 배를 채우려 애플 카스타드를 주문했는데 배고픈 것과는 별개로 고산 증세인지 속이 메슥거려 먹지 못했다. 먹을 걸 앞에 두고 먹지 못하는 건 이루 말할 수 없는 고통이었다.

고레파니 롯지의 좋은 점은 식당 한 가운데 난로가 있다는 것이다. 언 몸을 녹일 수 있고, 주변에 양말이나 수건을 빨아서 널 수 있다는 것이 최대 장점이다. 현재까지 내가 경험한 롯지가 울레리 롯지가 전부인 상태에서.

따뜻한 레몬 티를 한 잔 마시면서 난로 주변에 옹기종기 모여 먼의 사촌이 되는 롯지 사장님과 이야기를 나눴다. 그의 아들이 다섯 번의 인터뷰 끝에 지금 한국에 가있다는 이야길 한다. 한국에서 자신의 원대한 꿈을 이루겠다는 것이 자기 아들의 희망이라고 한다. 처음에는 아들 자랑인 줄 알았는데 그렇지 않았다. 이곳에 같이 있지 못한 아들에 대한 원망이었다. 나라와 지역을 초월해 자식을 타지에 두고 싶지 않은 부모의 마음을 느끼며, 난로의 따뜻한 온기를 느꼈다.

고레파니의 밤은 깊어 갔고, 내일 고레파니를 떠나 또 다른 여정에 대해 먼과 계획했다. 내일은 타다파니까지 갈 예정이다. 눈이 녹지 않은 길을 갈 예정이라 아이젠을 챙기라고 한다. '비스타리',

'비스타리'하면서 타다파니까지 갈 거라는 말로 미팅을 마치고 방으로 돌아 왔다.

방은 여전히 추웠다. 두 개의 플라스틱 물통이 온기를 뿜어내는 침낭 속으로 들어가 푼힐에서 바라본 일몰을 생각하면서 그 아름다운 느낌을 생각하며 누워 있으려고 했는데 금세 잠속으로 빨려 들어갔다. 고산 증세가 있으면 잠이 오지 않는다고 하는데 고산병은 아닌가보다. 쉽게 잠드는 걸 보니.

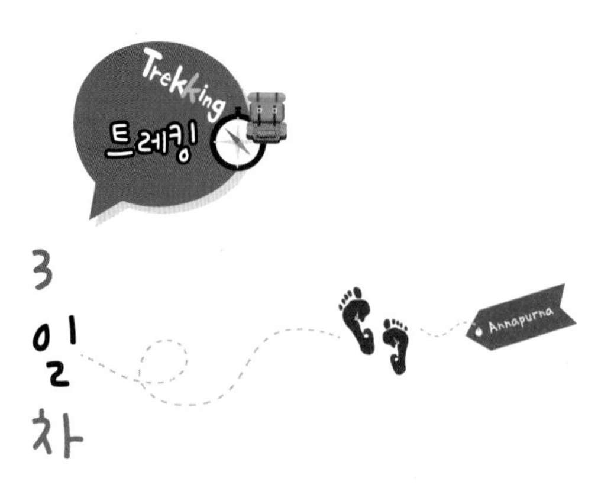
Trekking
트레킹
3일차
Annapurna

START
FINISH
고레파니
(09:00)
데우랄리
(11:30)
반단티
(14:20)
타다파니
(16:40)

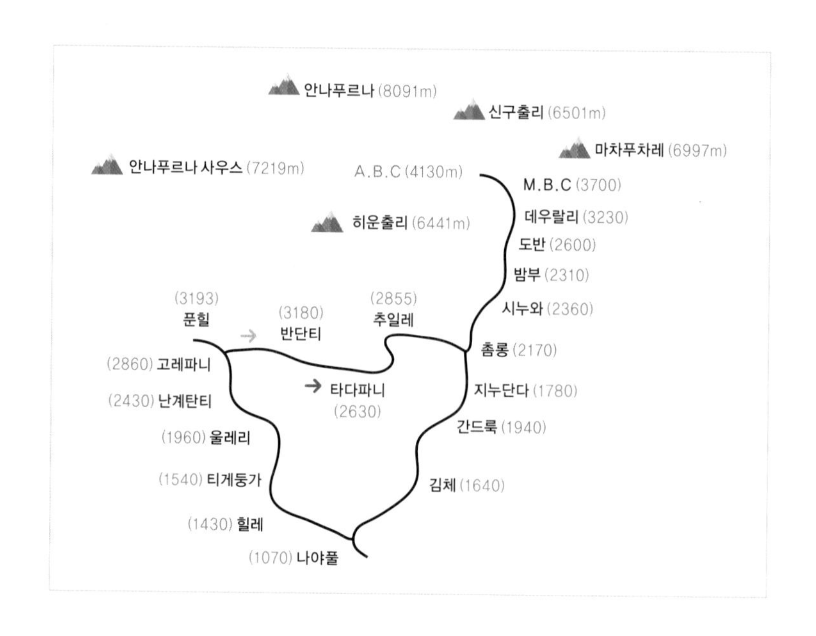
안나푸르나 (8091m)
신구출리 (6501m)
마차푸차레 (6997m)
안나푸르나 사우스 (7219m)
A.B.C (4130m)
M.B.C (3700)
데우랄리 (3230)
히운출리 (6441m)
도반 (2600)
밤부 (2310)
시누와 (2360)
(3193)
푼힐
(3180)
반단티
(2855)
추일레
촘롱 (2170)
(2860) 고레파니
타다파니
(2630)
(2430) 난계탄티
지누단다 (1780)
간드룩 (1940)
(1960) 울레리
(1540) 티게둥가
김체 (1640)
(1430) 힐레
(1070) 나야풀

고레파니의 아침

고레파니 롯지의 큰 창으로 들어오는 따스한 햇살이 날 깨웠다. 하지만 침낭 속에서 나올 때는 햇살의 반김보다 차가운 공기를 이기는 것이 우선이었다. 차가운 기운을 이기고 옷을 주섬주섬 입고 마을의 아침 풍경을 보기 위해서 롯지 밖으로 나왔다. 롯지 바로 앞에는 빵집과 책방 외에도 다양한 상점들이 있었다. 지금까지 봤던 울레리와 반탄티, 난계탄티와는 전혀 다른 모습이다. 언덕 아래로 A.B.C라운딩을 하며 나야풀로 가기 위해 올라오는 길이 보인다. A.B.C로 가는 길과 푼힐로 가는 길, 그리고 A.B.C 라운딩을 하고 나야풀로 가는 길이 교차하는 삼거리 마을답게 다양한 시설들이 있었고, 트레커들을 맞이하기 위한 준비가 잘 되어 있는 것 같은 느낌이 들었다. 그렇다고 문명의 도시에 있는 번화함과는 감히 비교할 수 없었다. 다만 3,000m 가까운 고지대에 이런 마을이 형성될 것이란 생각을 해 보지 못한 나의 작은 편견을 깨기엔 충분한 정도의 규모를 가진 마을이었다.

고레파니 마을 중앙(빵집이 보인다)

능선 쉼터

아침 9시에 고레파니를 떠나 오늘의 목적지인 타다파니를 향해 떠났다. 고레파니를 떠나 조금 걷자 고레파니에 방문해 주신 걸 감사(Thanks for you visit)한다는 의미의 노란색 문이 보인다. 힐레 쪽에서 올라올 때도 고레파니 입구에 노란색 문이 있었는데 타다파니로 가는 길에도 노란색 문이 반긴다.

맞은편 푼힐 전망대와 다울라기리를 조망할 수 있는 쉼터

고레파니에 들어설 때는 환영의 의미로, 떠날 때는 환송의 의미로 서있었다. 주변을 에워싸는 담벼락도 없이 노란색 문만 덩그러니 지키고 있었다. 경계선이 없는 산 속에서 내가 또 다른 곳으로 떠난다는 것을 알려 주는 역할을 하고 있었다.

고레파니에서 출발할 때 날씨가 꽤 쌀쌀했다. 그저께까지는 반팔티 차림으로 걸어도 괜찮은 날씨였는데 갑자기 추운 겨울이 됐다. 히말라야는 고도에 따라 봄, 여름, 가을, 겨울을 며칠 사이에 전부 느낄 수 있는 곳이다. 오늘은 겨울을 맞이하러 나아가고 있었다. 곳곳에 눈이 있고, 차갑고 매서운 바람이 속살을 헤집고 들어온다. 다운 패딩과 그 위에 바람막이를 입어야만 걸을 수 있었다.

간드룽이라는 이정표를 따라 조금 걸어 확 트인 능선으로 올라섰다. 그 위에는 쉼터가 있고, 탈쵸가 휘날리고 있다. 탈쵸 너머로 안나푸르나 산군들이 허리를 곧추세우고 서 있었다.

몇몇 사람들이 능선 위 쉼터에서 쉬고 있다. 그곳은 단순히 쉬는 곳이 아니었다. 왜냐하면 눈앞에 펼치진 풍경들이 내 눈을 잠시도 쉬지 못하게 했기 때문이다. 오히려 더 부지런하게 했다. 안나푸르나 산군과 다울라기리 산군들이 아무런 장애물 없이 파노라마처럼 우뚝 솟아 길을 걷는 사람들을 응시하고 있었다. 그들과 눈을 마주쳐야 했다.

길을 걸으면서 느낀 건데 힘들 때도 쉬지만 풍경이 아름다울 때도 발걸음을 멈추고 쉬었다. 보통 산행 중에 힘이 들 때 쉬어야 한다고

생각한다. 하지만 그 쉼은 올바른 쉼이 아니라고 단언할 수 있는 곳이 이곳 히말라야다.

진정한 쉼은 힘들 때가 아니라 내가 정말 보고 싶은 무엇인가가 있을 때, 쉬는 것이 아닐까. 마음이 시리게 그리워하고 꿈꿔왔던 아름다움이 쉼으로 이어질 수 있는 곳이 바로 이곳 히말라야가 가지고 있는 그 무엇이었다.

다울라기리

이곳에서 멀리 시선을 향하자 주변 산들을 압도하는 산 하나가 보인다. 바로 다울라기리이다. 다울라기리는 산스크리트어로 '다와라기리'이며 '다와라'는 흰색을 의미하고, '기리'는 산을 의미한다. 즉 흰색 산, 하얀 산이란 뜻이다. 알프스의 대표적인 산 몽블랑이 '하

능선 쉼터에서 바라본 다울라기리와 안나푸르나

얀 산'이란 의미를 지니는 것과 같은 의미를 지니고 있었다.

먼은 다울라기리가 남성을 상징하는 산이라고 한다. 그의 말을 듣고 다울라기리를 바라보니까 덩치가 좋은 근육질의 남성이 떠오른다. 다른 산들과 달리 보디빌더의 근육처럼 팽창한 울퉁불퉁함을 느낄 수 있다. 다울라기리를 한참 쳐다보고 또 쳐다보았다. 이곳에서 다울라기리가 가장 가까이 보인다는 말에 발길을 옮기면 그와 멀어질까봐 쉽게 발길을 옮길 수가 없었다.

다울라기리의 높이는 8,167m이다. 세계에서 일곱 번째로 높은 산이다. 이곳에서 보니까 멀리 있어선지 안나푸르나보다 낮아 보이지만 그가 뿜어내는 힘의 느낌은 안나푸르나보다 더 강렬했다. 다양한 국적의 사람들은 그곳에서 열병하듯 우뚝 솟아있는 다울라기리와 안나푸르나의 아름다움을 보느라 쉽게 자리를 뜨지 못하고 있었다.

나부끼는 탈쵸 사이로 보이는 다울라기리

지금까지 트레킹을 하면서 히말라야의 설산들과 매일 마주쳤다. 한 밤 자고 나면, 한 걸음 걷고 나면 또 다른 모습으로 나와 마주친다. 그럴 때마다 최고의 순간이 경신된다. 최고의 순간을 경신하는 내일을 기대하며 오늘을 걷는 것이 이곳 히말라야의 매력이다.

다울라기리의 매력에서 빠져나와 길 옆으로 빼곡히 자리 잡고 있는 나무 터널을 통과하자 눈 쌓인 계곡이 보인다. 아이젠을 착용하지 않으면 미끄러질 정도의 눈이 쌓여 있다. 어제까지는 계속해서 오르막이었는데, 이제는 그늘진 계속에 눈 쌓인 길을 내려가야만 했다.

계곡은 내리막길이고, 눈이 얼어 있어 훨씬 더 어려운 길처럼 보인다. 먼은 아이젠이 없다. 그의 말에 의하면 자신은 '프로 가이드'이고 '스트롱맨'이라 아이젠이 필요 없다고 한다. 하지만 스트롱맨인 그도 내가 빌려 준 장갑은 꼭 끼고 있었다. 아이젠 없이는 내려 갈 수 있어도 장갑 없이는 내려 갈 수 없나 보다. 손이 시린 것은 스트롱맨이라도 웬만해선 참을 수 없는 고통인가보다.

첫 번째 데우랄리

눈길을 따라 조금 내려가자 데우랄리란 곳에 도착했다. 트레킹 계획을 세우면서 데우랄리는 M.B.C 올라가기 전 마을로 알고 있었는데 이곳도 데우랄리라니! 히말라야에는 같은 이름을 가진 동네가 도대체 얼마나 되는 걸까?

데울랄리에는 사람들이 북적댄다. 식당 한 테이블에서 50대의 한국 사람들이 조금 큰 목소리로 이야길 나누고 있다. 너무 크게 이야기를 하고 있어 약간 창피했지만 뭔가 알아들을 수 있는 말들이 들려온다는 것이 반갑다. 귀를 쫑긋 세우고 그들의 말에 귀를 기울였다. 그들의 이야길 통해 그들이 A.B.C에 갔다가 푼힐을 거쳐 나야풀로 돌아가는 일정을 선택한 사람들이란 걸 알게 되었다. 그 사람들은 막 A.B.C에 다녀온 경험을 한국 청년들에게 이야기하고 있었으며 맨 마지막 조언으로 아이젠과 스패츠 없이는 A.B.C에 도전하기 힘들다는 중요한 메시지를 전달했다. 말을 마치기가 무섭게 청년들은

"저희는 A.B.C까지 가지는 않을 거예요."

라는 말로 어른들의 노하우 전수와 조언의 말을 일축해 버렸다. 약간 웃음이 나왔다.

그들의 대화를 듣고 이 길을 걷는다고 해서 다들 목적지가 A.B.C가 아니라는 걸 알게 됐다. 고레파니에서 이곳으로 오며 만난 사람들의 가벼운 옷차림과 신발은 그냥 푼힐 전망대와 반단티를 거쳐서 나야풀로 가는 일정을 계획한 사람들이었던 것이다. 데우랄리 식당에는 간드룩과 타다파니, 츄일레 방향의 이정표와 내가 왔던 길로 가면 고레파니로 향하는 것임을 알리는 이정표가 있다. 이곳은 지도 속에 표현된 다양한 이정표를 따라서 어디든 갈 수 있는 갈림길의 쉼터였다.

잠시 사람들의 온기와 함께한 쉼의 시간을 가진 후 츄일레와 타다파니 쪽으로 향했다. 얼마간을 걷자 랄리구란스(Laligurans) 호텔이 눈에 들어온다.

랄리구란스란 네팔의 국화이고 진달래과에 속하며, '붉은 만병초'라고 불린다. 만병초란 모든 병을 고칠 수 있다는 의미다. 국화로서 갖춰야 될 최고의 의미를 갖고 있었다. 트레킹 중간 중간에 랄리구란스가 꽃봉오리를 머금은 모습과 살포시 터트린 모습을 자주 볼 수 있다.

먼은 랄리구란스가 있을 때마다 가리키며 '랄리구란스, 랄리구란스'라고 소리쳤다. 먼이 계속해서 소리치는 것을 보면, 그에게 랄

랄리구란스는 햇살을 받은 쪽에만 피어 있다

리구란스란 꽃이 꽤 예쁘게 보이거나 이방인인 나에게 자신들의 국화가 예쁜 것을 알려 주는 것이거나 둘 중에 하나일 거 같다. 척박한 고산의 랄리구란스가 내게도 예뻐 보였다. 아마 꽃이란 이름으로 살아가기 힘든 높은 산에 있는 것이라 더 예뻐 보였는지도 모르겠다.

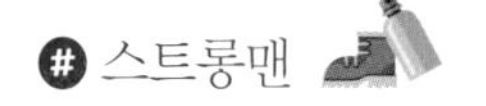

히말라야에 와서 처음으로 눈이 수북이 쌓인 곳을 걷고 있었다. 눈이 쌓인 계곡을 내려오면서 히말라야의 깨끗한 눈을 보고 그냥 지나칠 수 없어서 먼과 함께 눈사람을 만들었다. 대충 눈사람을 만들어 눈 위에 먼이라고 적어 주었다. 눈을 만지며 며칠 사이에 먼과 나는 아름다운 동행이 되어 있다는 느낌을 받았다. 고용인과 피고용인의 관계가 아니라 트레킹을 같이 즐기는 동행자가 되었다. 서로 사진을 찍어 주며, 마음을 읽고, 걱정해 주는 동행이 되어있었다.

흥겹게 길을 걷고 있는데 갑자기 사람들이 웅성거리는 소리와 함께 많은 사람들이 눈이 쌓인 내리막길에 모여 있는 모습이 눈에 들어왔다. 가까이 다가가자 아이젠이 없는 사람들이 눈 쌓인 내리막길을 내려가지 못하고 미끄러지며 어찌할 바를 몰라 쩔쩔 매고 있다. 특히 중국 사람들과 그들이 고용한 듯 보이는 150센티미터 정도의 키에 너무 말라서 패딩점퍼를 입었음에도 불구하고, 몸의 형체가 드러날 정도의 왜소한 포터가 쩔쩔 매고 있었다.

네팔에 대한 정보를 탐색하다가 네팔의 길거리에서 에이전시를 통하지 않고 저렴한 값의 포터를 구하면 나이가 많거나 고산병에 걸릴 수 있는 포터를 고용하는 경우도 있다는 정보를 접했다. 그들이 고용한 포터가 그런 경우에 해당하는 것 같아 보였다. 물론 전적으로 나의 추측이지만.

조금 전까지 걸으면서 본 네팔리(네팔 사람) 포터나 가이드들은 눈길에서도 아이젠 없이 디딤 발을 잘 디뎌 미끄러지지 않고 잘 내려왔다. 그런데 그들이 고용한 포터는 지금껏 봤던 포터들하고는 달랐다. 네팔의 포터와 가이드들은 아이젠에 의지하는 것이 자신들의 자존심을 상하게 하는 것이라고 생각하는지 아니면 아이젠을 구입할 돈이 없어서인지 모르겠지만 보통 아이젠 없이 익숙한 길을 능숙하게 오르내렸다. 그런데 중국인들이 고용한 포터는 조금 전까지 지나쳤던 포터들과 확연히 달랐다.

오지랖이 발동해서 튼튼한 아이젠을 착용한 난 그를 곤란에서 구해줘야겠다는 생각으로 그의 앞에 앉아 등을 내주었다. 내가 등에 업히라는 보디랭귀지를 하자마자 왜소한 포터는 잠시의 망설임도 없이 냅다 업혔다. 자존심 때문에 실제로 업힐까란 의심이 순식간에 사라져버렸다.

50대로 보이는 포터의 몸무게는 50㎏ 정도도 되지 않는 것 같았다. 남자치고 무척 가벼운 무게였다. 안쓰러운 마음에 눈이 없는 곳까지 업어서 데려다 주고 메고 있던 가방까지도 옮겨 주었다. 길을 걸으며 다양한 나라의 사람들을 만날 거라는 생각은 하고 있었지만 포터를 도와 줄 거라는 생각은 상상하지도 못했다.

먼과 나는 눈길에 방황하는 중국인들과 외국인들을 위해 등산 스틱으로 디딜 수 있는 계단을 만들어 주느라 많은 시간을 보냈다. 하지만 우리는 서로 동행이기에 이러한 모든 일들도 기쁨과 웃음으로 함께 할 수 있었다.

조금 더 내려온 후에 중국인 일행들이 둥그렇게 모여 나에게 '스트롱맨'이라고 한 목소리로 말하며 치켜세워 주었을 때 나도 모르게 내가 산속의 슈퍼맨, 아이언맨이 된 것 같은 느낌을 받았다. 머나먼 이국에서 외국인들에게 인정받는 느낌이 그리 나쁘지는 않았다.

함께

중국인들과 그들의 포터를 도와 준 후 히말라야의 만년설이 녹아서 바위틈에 고드름이 맺혀있는 계곡을 지나며 절대 그냥 지나칠 수 없었다. 고드름을 따서 눈 위에 올려놓고 눈을 뭉쳐 맞히는 놀이를 하며 눈길의 여유와 재미를 즐겼다. 아이젠과 먼의 젊음을 바탕으로 히말라야가 주는 즐거움을 함께 하는 즐거운 동행이 되고 있었다.

고레파니에서 타다파니로 향하기 전에 내가 스키 장갑을 먼에게 빌려 주고, 준비해간 '비니' 하나를 선물로 줬다. 만약의 상황을 대비해 두 개를 준비해갔다. 하지만 두 개를 사용할 일은 없을 거 같아서 먼에게 비니를 선물을 했다. 만약 먼이 아이젠 살 돈이 없어서 아이젠을 구입하지 못한 거라면 집에 있는 징이 네 개짜리 아이젠을 가져올 걸 하는 생각이 들었다. 가이드나 포터를 동행자로 생각하면 그들을 위한 뭔가를 미리 준비해 가는 것도 트레킹을 준비하는 과정에 아주 중요한 것이란 생각이 들었다.

즐기며, 웃으며 길을 가다보니 오후 2시 30분이 다 되어서야 반단티의 '트랜 퀼리티 롯지' 레스토랑에 도착했다. 오랜 시간 등산화를 신고 있어서 등산화 속에 땀이 가득 찼다. 네팔의 햇살은 어서 등산화를 벗어서 말리라고 한다. 며칠 째 네팔의 햇살을 온몸으로 반기고 있어서 햇살이 무어라고 이야기하는지 들리는 듯하다. 어느덧 햇살은 곧 행복이라는 공식 속에 하루를 살고 있었다.

햇살이 좋아서 등산화를 벗고 밖에서 식사를 하려는 순간 갑자기 따스한 햇살이 사라졌다. 회색 빛 구름이 몰려오더니 순식간에 날이 바뀌었다. 햇살이 사라진 후 언제 따뜻했냐는 듯이 급격히 추위가 몰려왔다. 햇살을 만날 때와 만나지 못할 때의 상황이 극명한 대비를 이루고 있었다.

차가운 기운을 느껴 얼른 바로 옆 실내 식당으로 자리를 옮겼다. 한기를 피해 실내 식당으로 옮겼지만 쉽게 한기가 수그러들지 않아 패딩을 입었다. 이제는 옷을 어떻게 입어야 할지 적응이 돼서 가벼운 패딩과 바람막이를 항상 배낭 바깥쪽이나 옆 부분에 매달아 두고서 날씨의 변화에 따라 옷을 바꿔 입었다. 햇살은 봄처럼 따뜻했지만 그 햇살이 없어지면 늦가을이 되고 날이 어두워지면 겨울이 되는 것이 이곳 히말라야의 날씨였다.

신라면 베지

눈길에서 중국인들과 그들의 포터를 도와주느라 에너지를 많이 소비해서 열량을 높일 수 있는 탄수화물을 섭취하고 싶었다. 따뜻한 국물이 있는 우리나라의 라면이 생각났다. 현지에서는 현지식에 적응해야 한다는 나의 신념은 히말라야의 척박하지만 아름다운 길에서 무너져 버렸다.

메뉴판을 보며 베지(vegetable)가 들어간 신라면(정말 신라면은 대단하다. 이곳 히말라야에서도 메뉴판의 한 부분을 떡 하니 차지하고 있었다.)을 주문했다. 얼마 후 베지(야채)가 듬뿍 들어가 버려서 라면의 따뜻한 국물을 음미할 수 없을뿐더러 라면 본연의 맛을 퇴색시킨 어정쩡한 라면이 나왔다. 그릇 바닥에 깔려 있는 적은 국물로 몸의 한기를 쫓아보려고 안간힘을 썼지만 쉽게 쫓아내지 못했다. 하지만 한기 대신 신라면과 플래인 라이스(일반적인 밥)로 고향의 맛을 느낀 후 기분만은 한결 좋아졌다.

출발하려고 나서니까 아직 날이 흐리고 음산해서 경량 패딩을 안에 입고 그 위에 바람막이를 입어 보온을 유지해야만 했다. 음산한 음영을 드리운 계곡을 향해 또 길을 떠났다. 중간 중간에 나무로 된 다리가 있었는데 그런 다리가 나올 때마다 멈춰서 사진을 찍고 잠시 계곡을 내려다보며 감상에 젖었다.

네팔에 와서 버릇이 하나 생겼다. 철제 다리나 나무다리를 통해 계곡을 건널 때 마다 꼭 사진을 찍으려고 멈춰서는 것이다. 다리를 건너는 것이 왜 이렇게 기분이 좋고 묘한 감정이 드는 건지. 다리를 경계로 분리된 양쪽의 풍경이 매우 묘하고 아름답게 느껴진다. 아마 인간 마음속에 다리 너머에 새로운 세상이 열릴 것이라고 기대하는 무엇인가가 내재되어 있는 것은 아닐까.

고레파니(2860m), 반단티(3180m), 타다파니(2630m)로 이어지는 길은 계곡을 따라 올라갔다가 내려갔다가는 반복하는 여정이다. 원래 식사 시간 1시간 포함해서 6시간 정도면 갈 수 있는 길인데, 눈길에서 중국인들을 도와주느라 시간이 조금 더 걸렸다. 하지만 그리 조급해 하지는 않았다. 왜냐하면 이번 트레킹의 모토는 '비스타리'이기 때문이다.

'비스타리, 비스타리'

걷는 도중 네팔의 국화 랄리구란스와 자주 마주쳤다. 1월이라 꽃이 만개하지는 않았지만 히말라야의 고산 지대에서 그 자태를 뽐내고 있는 랄리구란스가 A.B.C의 한겨울을 만나러 가는 나에게 네팔의 국기처럼 붉은 색을 펄럭이며 미소와 응원을 보내는 것 같았다.

빅 이글

타다파니에 거의 다다를 무렵 몰려온 구름으로 인해 하늘이 어두운 회색빛을 띠었다. 약간 음산한 느낌이 들었다. 음산한 길을 걷다보니까 고생대 밀림의 나무와 비슷한 나무줄기가 길게 늘어뜨려져 있었고, 그 모습은 그네와 비슷한 모양이었다. 신기한 것을 보면 웬만해선 그냥 지나치는 법이 없는 먼은 그 나무줄기를 이용해 그네를 타며 어린 아이처럼 즐거워했다.

얼마 후 먼이 갑자기

"빅 이글"

이라고 소리치며 하늘을 가리켰다.

얼른 휴대폰 카메라를 하늘로 향했다. 순간 나의 행동에 깜짝 놀랐다. 희귀한 풍경이 있으면 사진부터 찍으려고 하는 습관 때문이었다. 사진이 먼저가 아니라 눈으로 그 아름다움을 담는 것이 먼저인데 말이다.

저 멀리 하늘 위에 긴 날개를 펴고 유유히 날고 있는 독수리가 보인다. 히말라야를 비상하고 있는 독수리다. 계절에 따라 중국에서 히말라야를 넘어 따뜻한 곳으로 이동하는 새들에게 히말라야의 난기류는 극복해야만 하는 대상이라고 한다. 때론 히말라야를 넘다가 난기류를 만나 히말라야의 영혼이 되는 새들도 있다고 한다. 하지만 지금 날고 있는 독수리는 내가 히말라야를 즐기는 것처럼 난기류를 극복해야할 대상이 아니라 즐길 대상으로 여기는 것 같아 보였다.

먼은 독수리의 모습을 자주 보기 힘들다고 하며 내게 오랜 시간 응시해 줄 것을 권유했다. 그는 보기 드문 일이나, 그들의 문화, 야생의 꽃 등 내가 경험하지 못했을 것 같은 것들이 나타나면 소리를 질러 알려 주었다. 먼의 친절한 안내 덕분에 히말라야를 알아가면서 히말라야의 숨결을 느끼면서 걷고 있었다.

나의 여정은 빠른 속도로 A.B.C를 정복하려는 것이 아니라 가이드와 동행하면서 히말라야를 알아가는 느림의 여행이었다.

다양한 에피소드로 이루어진 오늘이 오후 5시가 되어 타다파니에 도착하면서 그 끝을 맺었다. 흐린 날씨 때문인지 주변이 어둑어둑해진 느낌이 들었다. '눈 쌓인 내리막길에서 중국인 도와주기 프로젝트'를 하지 않았더라면 타다파니에 일찍 도착할 수 있었겠지만 그 사건이 있었기에 웃을 수 있었고, 누군가 도와줄 수 있었다는 보람을 느낄 수 있었다.

그랜드 뷰 롯지

먼은 첫날 울레리에서 옆방에 묵은 중국인들의 시끄러움과 담배 연기 때문에 내가 힘들어 했던 것을 알고 있었다. 그래서 사람들이 많이 묵지 않는 조용한 롯지를 잡아주려고 애를 썼다.

"중국인들이 있는 숙소를 피해서 숙소를 잡을 테니까 기다려요."

라고 하며 이곳저곳 숙소를 알아보려고 분주히 다녔다.

먼이 여러 롯지를 다닌 후 결정한 '그랜드 뷰 롯지'는 전망도 좋을 뿐더러 사람들도 많이 머물지 않는 환상적인 곳이었다.

먼은

"샤워 시설이나 화장실이 공용인데 괜찮겠냐?"

고 물었다.

"오케이~, 아임 오케이."

라고 했다. 숙소에 머무는 사람도 많지 않은 것 같고, 전망도 좋았기 때문에 다른 불편함은 감수해야겠다는 생각이 들었다.

짐을 풀고 2층 방 유리창으로 바라본 안나푸르나와 마차푸차레, 히운출리가 캔버스 위의 유화처럼 펼쳐 있었다. 히말라야란 제목의 유화의 꺼칠꺼칠한 표면을 만져보고 싶을 정도였다.

종일 히말라야의 힘줄을 타고 오르락내리락 했고, 중국인 도와주기 프로젝트를 수행했기 때문에 온몸이 끈적끈적했다. 이곳에서도 역시 고산병 걱정은 접어 두고 2층의 공용 샤워 시설로 향했다. 이곳 또한 안락하고 깨끗한 샤워 시설은 아니었다. 샤워 꼭지는 고장나 있었고, 뜨거운 물이 다양한 온도로 나와 순간순간 긴장하며 씻어야하는 시설이었다. 춥고 열악한 여건 속에서 샤워를 했지만 땀으로 젖어 있는 피로를 약간이나마 풀 수 있어 행복했다.

타다파니의 밤

저녁을 먹으러 내려간 식당에는 50대 중반의 한국 분이 계셨다. 젖은 나무로 불을 지폈는지 뿌연 연기가 가득한 식당에서 그분과 인사를 하고 트레킹에 관한 이야기를 했다.

어디서부터 어디까지 이동했고, 어디는 아름다웠고, 어떤 어려움이 있었고 등등의 트레킹 이야기로 시간가는 줄 몰랐다. 똑같은 길이라도 각기 다른 체험을 했고, 다른 계획과 목적으로 방문했기 때문에 재미있는 이야기를 나눌 수 있었다.

고레파니부터 타다파니까지의 여정은 눈, 미끄러움, 중국인, 중국인이 고용한 포터, 빅이글, 오르락내리락 등의 단어로 채워진 하루였다. 난방이 되지 않는 높은 고도에 위치한 숙소는 한기로 가득 차 있었지만 준비한 침낭이 한기를 잊을 수 있을 만큼 든든했다. 물론 여전히 침낭 속에 따뜻한 물을 채운 플라스틱 물통 두 개를 넣어 훈훈하게 보온효과를 만들어 내야 했지만.

점점 히말라야에 적응하게 되는 노하우를 터득하게 됐다. 자고 일어나서 핫워터 테라모스(테라모스는 가장 큰 보온 물통의 규격을 말한다) 물통에 남은 물은 양치를 하거나 세수를 할 때 사용하고 남은 물은 매일 매일 걸으면서 마실 물로 사용했다. 플라스틱 물통에 보온포가 있어서 미지근한 물을 트레킹 내내 마시며 고산병을 예방할 수도 있었고, 체온을 따뜻하게 유지할 수도 있었다. 때론 플라스틱 물통에 티백을 넣어 차를 마시기도 했다.

날이 흐려 밤하늘에 별은 보지 못했지만 잠들기 전에 시계를 5시에 맞췄다. 이곳 타다파니의 롯지는 동쪽 방향으로 확 트인 전망을 확보하고 있어서 내일 아침 일출이 꽤 괜찮은 감동을 전해 줄 거 같은 기대감 때문이었다.

플라스틱 물통 두 개의 보온 효과로 따뜻해진 침낭 속으로 들어가서 '적응력을 키운 타다파니의 밤'과 편안한 쉼을 맞이했다.

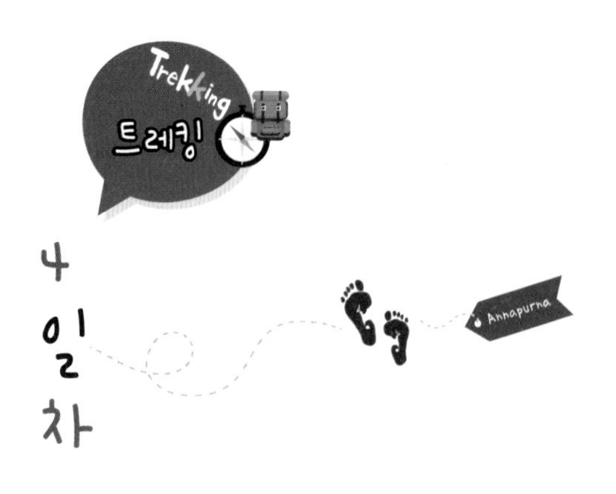
Trekking
트레킹
4일차
Annapurna

START
FINISH
타다파니
(08:40)
추일레
(11:00)
구르중
(12:30)
촘롱
(16:00)

안나푸르나 (8091m)
신구출리 (6501m)
마차푸차레 (6997m)
안나푸르나 사우스 (7219m)
A.B.C (4130m)
M.B.C (3700)
히운출리 (6441m)
데우랄리 (3230)
도반 (2600)
밤부 (2310)
(3193)
푼힐
(3180)
반단티
(2855)
추일레
시누와 (2360)
촘롱 (2170)
(2860) 고레파니
(2430) 난계탄티
타다파니
(2630)
지누단다 (1780)
간드룩 (1940)
(1960) 울레리
(1540) 티계둥가
김체 (1640)
(1430) 힐레
(1070) 나야풀

붉은 기운

아침에 가장 힘든 건 침낭 속에 따뜻한 온기를 남겨 두고 나오는 거다. 침낭 속의 온기가 날 끈질기게 잡지만 그걸 뿌리쳐야 한다. 뿌리치고 나오면 나를 반기는 것은 밤새 침낭 속에 함께 하지 못하고 남겨진 등산복들이다. 침낭 속에 함께 하지 못한 섭섭함을 표현이라도 하듯이 아주 차가운 기운을 내 몸속에 뿜어 댄다. 침낭 속에 같이 잠들지 못한 우리들은 이렇게 춥다고 알려 주듯이. 일어나자마자 패딩 점퍼를 온기가 남아 있는 침낭 속에 잠시 넣어 주어 추운 방에서 잠들었던 섭섭함을 달래 주면 패딩 점퍼는 조금 그 마음을 풀었다.

타다파니의 일출을 보려고 롯지 옥상으로 나왔다.

"우와!"

저 멀리 붉은 기운과 함께 밤새 숨죽였던 안나푸르나 사우스, 히운출리, 마차푸차레가 큰 숨을 들이쉬며 내게 다가오고 있었다. 붉은 기운이 흘러내리는 안나푸르나의 모습이 내 턱 밑까지 그 기운을 뿜어내는 것 같다.

푼힐의 일출도 아름답지만 더 좋은 일출을 다른 곳에서도 볼 수 있다는 먼의 말이 생각난다. 저 멀리 떠오르는 해의 붉은 기운이 안나푸르나에 스며들며 만들어낸 주황빛은 인상파, 입체파, 사실주의 그림을 총 망라할 수 있는 그림이었다. 마음속에 떠오르는 가장 유사한 미술 기법을 말하라고 한다면 인상파 화가 빈센트 반 고흐

가 그린 그림을 보는 것 같은 분위기였다. 히말라야 감상법의 공식이 있다면 그건 타다파니=안나푸르나 일출일 것이다.

타다파니에서 바라본 1월의 일출은 차가운 아침 공기를 타고 따스함과 아름다움을 전해 줄만큼 신비로웠고, 누구에게도 등반을 허락하지 않았던 신의 영역 마차푸라레의 영험함을 드러낼 수 있기에

해가 밝아온 후 타다파니에서 바라본 안나푸르나와 마차푸차레

타다파니에서 바라본 안나푸르나, 마차푸차레의 일출

충분했다. 붉은 아침 햇살을 담기 위해 카메라 버튼을 눌러댔지만 눈에 보이는 아름다움의 정도가 온전히 사진에 담기지 못했다. 담으려고 해도 담을 수 없었다. 그냥 내가 간직한 아름다움을 다시 생각하고 그 감동을 회상할 수 있을 정도의 모습만이 담겼다.

사진은 기술이 아니라 철학이라는 말이 있다. 사진은 잘 찍는 것이 아니라 찍는 사람이 마음에 담고 싶은 풍경에 철학적 의미를 부여하는 과정이란 의미다. 난 지금 그 작업을 하고 있었다.

절벽 위의 풍경

아침 해가 설산에 뿌린 자신의 흔적들을 거둬들일 동안 정지된 상태로 일출을 감상한 후 창으로 눈부신 아침 햇살이 들어오는 황홀한 식당에서 아침 식사를 만끽한 후 오늘의 목적지 촘롱을 향해 또 길을 나섰다.

촘롱을 향해 내리막길을 1시간 정도 내려가자 추일레란 마을 초입에 '마운틴 디스커버리 롯지'란 곳에 도착했다. 롯지의 외벽은 분

마운틴 디스커버리 롯지에서 바라본 마차푸차레 가는 길

홍색으로 도색이 되어 있었고, 넓은 잔디 마당이 펼쳐져 있고 마당 끝에 서면 저 멀리 계곡이 까마득히 보이는 곳이다.

마운틴 디스커버리 롯지 잔디 마당에 놓인 탁자에 앉아 진초록의 산 너머로 히운출리와 마차푸차레의 봉우리에 내려앉아 있는 하얀 눈을 바라봤다. 시선을 돌리자 저 아래 계곡과 계곡 너머의 마을과 마을 사이를 실처럼 이어 주는 길들을 보인다. 내려가고 올라가는 것이 히말라야 트레킹의 진수라는 것을 보여 주는 장소였다. 이곳에 서서 저 아득한 길을 바라보면, 언제 올라갔다가 내려오나 하는 두려움이나 걱정보다 내려가는 길이나 올라가는 길에 안나푸르나가 어떻게 보일지에 대한 기대감이 가슴속에 가득 채워진다.

마운틴 디스커버리 롯지에서 바라보는 아름다움에 발걸음이 쉽게 떨어지지 않았다. 따스한 햇살과 히말라야의 맑은 바람이 탈쵸를 휘날리게 하는 이곳의 야외 탁자에서 진저티 한 잔과 함께 히말라야의 안나푸르나를 만나는 진행형으로 영원히 있고 싶었다.

휴식을 핑계 삼은 감상을 만끽했다.

언덕 위에서 내려다보니 길 위의 트레커들이 작은 점이 되어 아래로 움직이고 있었다. 점들이 때론 교차하기도 한다.

마운틴 디스커버리 롯지

새 다리와 오래된 다리의 공존

Old & New

점이 되어 언덕을 내려오다 보니 드디어 계곡에 이르렀다. 계곡을 건너면 다시 오르막이 기다리고 있다. 저 멀리 계곡을 이어주는 두 개의 다리가 보인다. 하나는 옛날 다리고, 하나는 새 다리다. 옛날 다리가 자연과 조화를 이루며 아주 오래전부터 그곳에 있었던 것처럼 자연스럽게 자리 잡고 있었다. 옛날 다리를 철거하지 않은 것은 정말 잘 한 거 같다. 새 다리가 안전을 보장할지는 모르겠지만 자연 속의 일부라는 느낌이 들지는 않았다. 발판이 나무로 되어 있는 옛날 다리로 건너보고 싶었지만 먼이 옛날 다리로 건너는 것을 허락하지 않아 새로 난 다리 위에서 쳐다보기만 해야 했다. 아쉬움이 조금 남았다.

히말라야와 관련된 사진을 인터넷에 올린 걸 보면 다리를 배경으로 하고 있는 것들이 많다. 트레킹 중에 만난 다리를 보며 느낀 감정을 세 가지로 정리하면 이렇게 나눌 수 있다.

1. 다리를 건너기 전에 바라보는 다리
2. 건너면서 바라보는 다리
3. 건넌 후 바라보는 다리

물론 각각의 모습은 전혀 다른 감동을 선사한다.

히말라야 아이들 

다리를 건너자마자 언덕배기에서 초등학교 고학년 정도의 아이들이 옹기종기 모여 도끼로 나무를 찍고 있다. 열 두어 살 되어 보이는 아이가 도끼를 들고 나무를 자르려고 애를 쓰는 모습을 보고 먼이 다가가서 도끼를 받아 대신 나무를 잘라 준다.

나무하는 아이

정말 난 운이 좋은 것 같다. 마음씨 착하고 오지랖 넓은 가이드와 함께 히말라야의 아이들과 나무하기를 통해 소통하고, 길에서 만난 여러 사람들과 다양한 에피소드를 통해 소통하면서 걸을 수 있기 때문에.

트레커를 위한 기부함

잠시 아이들과 즐거운 노동의 시간을 보낸 후 '나마스테'로 작별 인사를 하고 조금 더 걷자 네팔의 그 아이들이 다닐 것 같은 산간 마을 초등학교가 나타났다. 학교 앞에는 네팔의 학생들을 위해 기부해 달라는 기부함이 있다. 안나푸르나를 트레킹하면서 팀스와 퍼밋을 발급받았듯이 이 기부함 또한 절대 그냥 지나치면 안 될 거 같은 의무감 비슷한 마음이 들었다. 비록 입산 허가를 받기는 했지만 그들의 땅을 누리고 있는 트레커들이 그들의 미래를 위해서 무언가를 반드시 남기고 가야 할 거 같았다. 기부가 아니라 이 아름다운 자연의 보존과 조금 전에 만난 나무하는 아이들의 삶을 위한 책임일 수도 있을 것이다. 정말 얼마 되지 않은 기부를 했지만 덕분에 발걸음이 꽤 가벼워졌다. 후에 이곳을 지나치는 사람들도 반드시 이곳을 그냥 지나치지 않았으면 하는 바람도 함께 넣어 두었다.

환대

학교를 지나쳐 모퉁이를 돌아서자 '샹그릴라 티 가든 롯지'가 보인다. 벽면에 좋은 환대를 하겠다는 내용의 영어 문구가 쓰여 있다. 환대라는 말은 우리 말 사전에 '반갑게 맞아 정성껏 후하게 대접함'이란 의미로 쓰여 있다. 우리나라에서는 일상에서 잘 쓰지 않는 말이지만 내가 가장 좋아하는 단어 중에 하나이다. 이곳 네팔 히말라야의 산 속에서 환대(Hospitality)라는 문구를 만났다. 따뜻함이 느껴지는 그 문구 앞에서 사진도 찍고 어려운 발음이지만 여러 번 읽고 또 읽었다.

환대를 지나 보이는 아름다운 길

'샹그릴라 티 가든 롯지'를 지나서 자그마한 오솔길을 걸으면서 먼은 네팔의 콩이라며 우리나라 강낭콩 같은 것을 건넸다. 한 입 베어 물어 먹어봤는데, 우리 강낭콩하고 거의 비슷했다. 어렸을 때 어머니가 간식으로 삶아 주셨던 그 강낭콩 맛이었다.

트레킹 중에 먼이 잘 쓰는 말 중에 하나가 'similar'라는 표현이 있다. 그 콩은 우리 강낭콩하고 'similar'했다. 여행은 서로 다른 문화 속에서 서로 비슷한 문화와 유산을 찾아 떠나는 것이란 말이 있다. 내가 자라온 나라에서 꽤 떨어진 이곳에서 공통되는 문화가 꽤 많이 존재했다.

기브 미 초코릿

계곡을 건너면 계곡이 더 이상 없을 거 같았는데 또 하나의 다리가 나타났다. 이 다리도 계곡과 계곡을 이어주지만 조금 전에 만난 다리보다는 길이도 짧고 규모도 작다. 다리를 건너 오르막길을 오르자. 형제로 보이는 아이 두 명이 마을 입구에 앉아 있었다.

"나마스테"

라고 인사를 하니까 아이들이

"나마스테"

라고 인사를 했다. 그리고

"기브 미 초콜릿, 기브 미 캔디"

라고 하는 것이다. 6.25 전쟁이 끝나고 많은 전쟁고아들이 미군

이 지나가면 건넸던 말이 바로 이 말이란 말인가? 실제 상황에서 이 말을 들으니까 유쾌하지 않았다.

뿐만 아니라 얼마나 많은 트레커들이 이 아이들에게 초콜릿과 캔디를 줬으면 아이들이 이렇게 말하는 것일까.

해맑은 아이들의 미소에 사탕은 없지만 가지고 있는 초콜릿 바를 줄까 하다가 멈칫했다. 네팔 아이들의 건강과 교육적 측면에서 사탕이나 초콜릿을 함부로 주지 말라는 글이 떠올랐다. 아이들에게 내가 웃을 수 있는 최대한 밝은 표정을 담아

"쏘리"

라고 말하고 그들의 해맑은 모습을 카메라에 담고 잠시 웃음이라는 만국 공통어로 대화한 후 지나쳐 왔다. 지나치면서 힐끗 뒤를 돌아보니 두 형제는 또 저 멀리 길을 바라보며 트레커들을 기다리고 있었다. 그 뒷모습이 무척이나 다정해 보였다.

은혜의 햇살

잠시 후 구르중의 '그린 힐 롯지'에 도착했다. 아래로는 계곡이 보이고 햇살이 따사로운 언덕 위에 한껏 쏟아 붇는 곳에 위치한 롯지였다. 점심을 주문하고 야외에 마련된 의자에 양말을 벗고 누워서 따스한 햇살에 지친 몸을 의지했다. 이 곳에서 만난 햇살은 이전에 만났던 것과는 또 다른 느낌이다. 롯지에 마련된 야외 식당의 기다란 일자 의자에 양말을 벗고 누우니 햇살이

은혜의 햇살

"힘들었지"

라고 말하며 토닥토닥 쓰다듬어 주는 듯했다.

이곳에선 마차푸차레와 안나푸르나가 보이지 않는다. 하지만 히말라야의 대지에 와 닿아 생명들에게 은혜를 베푼 햇살이 베풀고 남은 은혜를 나에게까지 베풀어 주는 곳이었다.

갑자기 롯지 입구로 빨리 오라는 먼의 다급한 목소리가 들렸다. 무슨 일이 생겼나? 얼른 먼이 있는 곳으로 가서 계곡 아래를 내려다보니까 방금 롯지를 지나갔던 당나귀들이 줄을 지어 다리를 건너고 있었다. 먼은 당나귀가 다리를 건너는 모습을 사진 찍으라고 소릴 지른 거였다. 먼은 내가 트레킹하는 곳곳의 기이한 풍경을 찍어 기록으로 남겨 두는 것을 아는 터라 날 다급히 부른 것이다.

먼 덕분에 다리를 만날 때 느낌 세 가지에 하나를 추가해야겠다. 당나귀가 건널 때 다리를 바라보는 느낌 또한 좋은 느낌이라고.

아주 작은 식당이라 식사 준비 시간이 꽤 오래 걸렸다. 오래 걸린 식사 덕분에 햇살이 불러준 감미로운 자장가에 맞춰 잠시 잠들 수 있었다. 흙조차도 반짝이는 히말라야의 풍경도 눈에 담을 수 있었다. 햇살과 행복에 대한 대화도 할 수 있었다. 트레킹 중에 가장 좋은 햇살과 행복을 만날 수 있은 곳이 어디냐고 물으면 당연히 '그린 힐 롯지'라고 말할 수 있을 것이다.

다리를 건너는 당나귀

간섭 & 관심

햇살의 큰 은혜를 받은 그린 힐 롯지를 뒤로 하고 얼마 지나지 않아 또 한 무리의 아이들을 만났다. 아이들은 버팔로에게 줄 풀을 모으고 있었다. 대나무로 촘촘히 엮어서 만든 바구니를 지탱하고 있는 띠를 머리에 두르고, 목으로 무게를 지지해서 물건을 운반하는 네팔의 전통적인 도구에 풀을 가득 넣어 두었다.

먼과 나는 대나무로 만든 운반 도구(바구니)를 한 번씩 머리에 쓰고 버팔로에게 줄 풀을 날라 주었다. 고레파니에서는 빈 바구니를 머리에 져 봤지만 이곳에서는 풀이 들어있는 바구니를 머리에 져 보았다.

먼은 트레킹 내내 히말라야에 살고 있는 아이부터 어른까지 전부 아는 척하고 그들의 일에 간섭했다. 간섭이라기보다는 관심을 가져 주었다. 내가 트레킹의 가장 큰 모토로 삼은 '비스타리'에 즐거움과 지극히 인간적인 것을 더한 트레킹을 하고 있었다. 그에게 가이드란 직업은 생계를 위한 일을 넘어 즐거움, 보람, 기쁨, 여유 등으로 채워져 있는 일인 것처럼 보였다.

조심해요

고도가 높아지자 나무들이 자취를 감췄다. 대신 고산 지대에 사는 작은 풀들이 좁은 길 옆으로 이어져 있었다. 비탈진 면의 좁은 길들을 따라 한 점의 그늘도 없는 확 트인 길을 조금 걷자 '힐 탑 롯지'란 곳에 도착했다. 롯지 옆에는 아름드리나무 하나가 절반 즈음 뭉뚝하게 잘린 채 외로이 서 있었다. 이 나무를 기점으로 위로 가면 촘롱으로 가는 길이고 아래로 가면 지누단다로 향하는 길이라고 한다. 나무는 인위적이지 않았지만 갈림길의 이정표 역할을 톡톡히 하고 있었다.

나무의 잘린 부분(2m 정도의 높이)에 올라가서 사진을 찍으려고 하자 먼이 위험하다고

"조심해요(Be careful)"

을 외친다. 가이드 자격으로 트레커가 위험에 빠지지 않기를 바라는 마음으로 주의를 주는 것 같았다. 많이 위험해 보이지 않아 먼의 말을 들은 체 만 체하고 윗부분이 잘린 나무 위에 올라갔다. 아주 조금 올라갔는데 또 다른 풍경이 펼쳐졌다. 2m 남짓 더 올라간 곳의 풍경이 새로운 풍경을 연출하다니. 개인적인 욕심으로 좋은 풍경을 감상했지만 내려오면서 가이드가 하지 말라고 하는 것은 하지 않는 것이 네팔을 방문한 트레커의 예의라는 생각이 들어 먼에게 미안한 마음이 들었다.

험한 길

잠시 아름다운 휴식을 취하고 촘롱으로 향하며 샬라퓨라는 마을을 거쳐 조금 올라가자 안나푸르나, 히운출리, 마차푸차레가 손에 잡힐 듯이 가깝게 보이는 언덕이 있었다. 바로 내 눈앞에 펼쳐진 안

나푸르나의 모습은 나를 그 자리에 멈춰 서게 했고, 그 어떤 말도 이어가지 못하게 했다. 안나푸르나에 몰입되어 시간이 어떻게 가는 줄도 모르고 내 발이 그 자리에 뿌리를 내린 채 계속 서 있었다.

'아! 바로 이 모습을 보려고 이 험한 길을 걷고 또 걸었구나!'

잠시 웅장한 안나푸르나 사우스와 히운출리, 마차푸차레를 감상하고 나서 내리막으로 들어섰다.

풍요의 여신이 내린 수확을 이루는 네팔리

네팔의 전통 마을에서 저녁을 하는지 연기가 모락모락 피어난다. 70년대를 배경으로 한 드라마에서나 나올 법한 풍경이었다. 시간은 한참이나 과거로 돌려져 있었다. 그리고 몇몇 사람들이 밭에서 무언가를 부지런히 수확하는 모습이 보인다. 꽤 경사가 있는 비탈에 밭과 집이 있다. 잘못 디디면 저 아래로 굴러 떨어질 거 같은 곳에 집이 있고 삶의 터전이 있었다.

이들이 사는 방식에 놀라움을 느끼며 조금 더 걷자 촘롱 마을의 롯지들이 보인다. 오늘의 안식처다. 안나푸르나를 방문하는 대부분의 트레커들이 쉬어가고 쉬어 가야만 하는 촘롱이 보인다. 1월은 비수기라 촘롱에 사람이 많지 않지만 성수기엔 촘롱의 모든 방이 꽉 찬다고 한다.

만약 이곳에 형형색색의 등산복이 가득 차 있다면 촘롱의 아름다움과 안나푸르나의 아름다움이 퇴색되거나 감동이 조금 덜할 거 같다. 비수기 1월이라 촘롱은 인적이 없이 고즈넉하다. 이런 기분은 1월에 이곳에 있는 나에게 보내는 이기적인 합리화 기제라고 할까.

핫샤워

'엑설런트 뷰 롯지'에 짐을 풀었다. 전망도 좋고, 따뜻한 물도 나오고, 욕실도 딸려 있는 등등의 수식어로 설명할 수 있는 이른바 촘롱 최고의 롯지였다. 이런 최고급 롯지는 비수기고, 촘롱이기 때문에 가능하다고 한다.

촘롱에서 바라본 안나푸르나

비수기에 방문한 특권이랄까? 2층에 가장 좋은 뷰를 볼 수 있는 방에 짐을 풀었다. 바로 눈앞에 펼쳐진 히말라야 안나푸르나의 하얀 설산과 설산을 휘감은 구름들이 바쁘게 살아온 지난 삶들을 씻어 주는 것 같았다.

해가 지면서 안나푸르나의 아름다운 설산들을 주황빛이 서서히 점령하고 있었다. 점령군들이 히말라야의 능선과 계곡을 타고 정상을 도전하는 듯 보였다. 히말라야에 온 이후 주황빛이 세상에 존재하는 색 중에 가장 아름다운 색이라고 정의 내렸다. 인위성이라고는 조금도 갖추지 않은 채 세상의 지붕이라고 자처하는 높은 산들을 진초록이나 흰색이 아닌 주황으로 점령하고 있었다. 히말라야를 온전히 점령하고 깜깜한 장막을 드리울 때까지 한참을 롯지 2층에 머물며 그들의 아름다운 작전을 지켜봤다.

사방이 어둠으로 드리워진 후에야 방으로 돌아와 고산에서의 샤워를 다시 한 번 시도했다. 타다파니부터 촘롱까지의 여정 내내 먼지 쌓인 길도 많았고, 오르막과 내리막을 반복하면서 온 몸이 땀에 절어있었다. 물론 먼에게 샤워를 해도 되겠냐고 물었다. 그러자 먼은 이번이 마지막 샤워임을 강조하고 허락했다. 이곳에서 고산병의 두려움은 육체적, 심리적인 그 어떤 장애 요인보다 더 큰 중압감을 주는 요인이었다.

촘롱 마을 풍경(저 너머 시누와로 가는 길이 보인다)

샤워 후 저녁을 먹으러 식당에 내려갔을 때 먼이 젖은 머리로 추위에 오들오들 떨고 있었다. 샤워를 하다가 뜨거운 물이 나오지 않아 찬물로 했다는 것이다.

"이런!"

태양열로 물을 데워서 물탱크에 저장해 놓은 한정된 물을 내가 너무 많이 써버려서 늦게 샤워한 먼이 찬물로 한 게 아닌지 미안한 마음이 들었다.

이곳에는 순간 온수 시설 같은 가스 샤워가 있고, 태양열을 이용한 쏠라 샤워가 있다고 한다. 비수기라 태양열을 이용해 만든 뜨거운 물을 조금 밖에 저장해 놓지 않았고, 그 물을 내가 다 써버린 것

먼이 좋아하는 랄리구란스가 마차푸차레를 배경으로 그 붉음을 뽐내고 있다

은 아닌지 미안한 마음이 들었다.

내가 물을 너무 많이 쓴 거 같아

"쏘리, 쏘리"

를 여러 번 말하며 미안한 마음을 전했다. 먼은 비수기라 물을 많이 준비하지 못한 롯지의 문제라며 괜찮다고 하며 길에서 따온 네팔의 국화 랄리구란스를 하나 건네주는 것이었다. 꽃 한 송이에 그의 관대한 마음을 느낄 수 있는 것은 바로 이곳 안나푸르나의 풍요로움 덕분일 것이다. 더불어 먼이 나에게 랄리구란스가 보일 때마다 외쳤던 것이 나에게 소개하려는 것, 그 이상으로 랄리구란스를 좋아하는 것이 틀림없음을 확인했다.

촘롱의 밤

해가 진 후 롯지 2층 테라스에서 바라본 안나푸르나의 밤하늘엔 촘촘히 작은 다이아몬드가 박혀서 빛나고 있는 것 같은 별들을 만날 수 있었다. 가장 찾기 쉽고 구별하기 쉬운 별 북두칠성을 찾고 그 주변에 있는 별들의 이름을 차근차근 불러 보았다. 별들의 이름을 불러 주자 갑자기 별들 사이에 직선이 그어지는 듯했다. 그리곤 별자리에서 봤던 온갖 동물들과 신화 속의 등장인물들이 튀어나오는 듯 했다. 별자리를 바라보는 시선을 넓혀 하늘 전체를 바라보자 별들이 반짝이는 모래를 흩뿌려 놓은 모습으로 보였다.

'휘익~'

반짝이는 별 사이로 한 획이 그어진다. '별똥별'이다.

"아!"

짧은 탄식이 흘러 나왔을 땐, 이미 별똥별이 그 흔적을 감춰버렸다. 내 눈이 볼 수 있는 시야각에서 약간 벗어난 각도에서 갑자기 휙 하고 지나가는 것 같은 느낌이 들면 어김없이 그건 별똥별이었다. 잠깐 사이에 세 차례나 별똥별이 지나갔다.

별똥별이 지나가는 동안 소원을 빌면 그 소원이 이루어진다고 하던데. 너무나 짧은 순간이라 소원을 빌면 이루어진다는 생각 밖에 하지 못했다. 고개가 뻑뻑해 질 때까지 히말라야의 별들과 별똥별을 살피며 촘롱의 밤은 깊어갔다.

별들의 감동을 한 아름 안고서 방으로 돌아와 내일 걸을 길에 대해 잠시 생각해 본다. 과연 A.B.C는 어떠한 모습을 하고 날 맞이할까? 설렌 마음을 다독이는 순간 깊은 잠에 빠져 들었다.

Trekking
트레킹
5일차
Annapurna

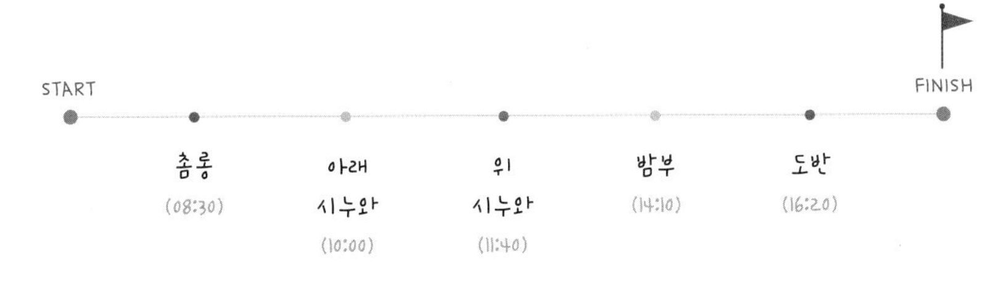
START
FINISH
촘롱
(08:30)
아래
시누와
(10:00)
위
시누와
(11:40)
밤부
(14:10)
도반
(16:20)

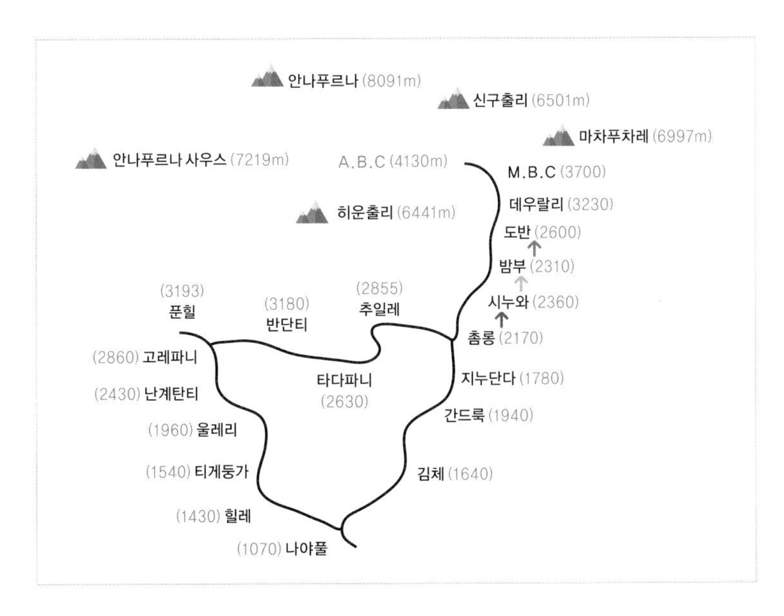
안나푸르나 (8091m)
신구출리 (6501m)
마차푸차레 (6997m)
안나푸르나 사우스 (7219m)
A.B.C (4130m)
M.B.C (3700)
데우랄리 (3230)
히운출리 (6441m)
도반 (2600)
밤부 (2310)
(3193)
푼힐
(3180)
반단티
(2855)
추일레
시누와 (2360)
촘롱 (2170)
(2860) 고레파니
타다파니
(2630)
지누단다 (1780)
(2430) 난계탄티
간드룩 (1940)
(1960) 울레리
(1540) 티게둥가
김체 (1640)
(1430) 힐레
(1070) 나야풀

촘롱을 떠나 지옥의 계단으로 

촘롱의 아침이 밝았다. 어제 보았던 히운출리, 마차푸차레, 안나푸루나 사우스가 여전히 그 자리에서 하얀 미소로 아침 인사를 한다. 안나푸르나와 인사를 나눈 지 벌써 닷새째 되어가고 있다. 걷는 길 주변의 풍경은 다르지만 포카라에 온 이후로 매일 매일 안나푸르나와 인사를 나눈다는 것이 얼마나 가슴 뛰고 좋은 일인지. 살면서 매일 아침 가슴 설레는 모습과 마주친다는 것이 이렇게 좋은 일상인지 처음 알게 되었다.

오늘은 먼과의 미팅을 통해 밤부까지 가는 것을 목표로 정했다. 지도를 보니까 밤부는 그리 멀지 않은 곳에 있었다. 지도에 보이는 거리는 짧지만 촘롱에서 시누와로 가는 계단은 입에 거품을 물

짐이 없어 가벼운 마음으로 걷고 있는 당나귀

정도로 힘든 계단이라고 한다. 울레리에서 고레파리로 향할 때도 3,000개가 넘는 계단을 지옥의 계단이라고 불렀다. 도대체 지옥의 계단이 몇 개인가?

울레리에서 고레파니로 오르는 지옥의 계단이 토할 만큼 힘들다고 했는데 난 그 길이 그렇게 힘들지 않았다. 그래서 촘롱에서 시누와로 향하는 계단도 사람들이 말하는 것만큼 힘들지 않을 거란 생각이 앞섰다.

주변을 돌아보지 않고, 앞만 보고 무지막지하게 오르기만 한다면 분명히 힘든 계단일 수 있을 것이다. 하지만 안나푸르나와 눈도 마주치고 '비스타리'하게 걷는다면 그리 어렵지 않을 거라는 생각이 들었다.

아침 8시 30분에 촘롱을 출발해 밤부로 향했다. 8시 30분에도 햇살은 추위를 느끼지 못할 정도로 따뜻하게 촘롱 마을을 내리쬐고 있었다.

촘롱에선 푼힐도 갈 수 있고, 지누단다를 거쳐 간드룩이나 란드룩으로 갈 수 있었다. 고레파니와 비슷한 삼거리 역할을 하고 있었다. 고레파니를 언덕 위에 롯지들이 촘촘히 있는 곳으로 표현할 수 있다면 촘롱은 비탈진 경사면에 롯지와 집들이 촘촘히 있는 곳으로 나타낼 수 있다. A.B.C에 가기 위해서 반드시 거쳐야 하는 곳인 촘롱은 산간 마을 치고는 꽤 큰 마을을 형성하고 있었다.

홀 세일 스토어

회색의 돌계단을 따라 내려가자 촘롱 마을 끝 부분에 홀 세일 스토어(Whole sale store)란 간판을 달고 있는 가게가 보인다. 잠시 발걸음을 멈추고 물건 값이 적힌 나무판을 훑어 봤다. 비교적 가격이 비싸지 않은 것 같았다. 배낭을 점검해 보니까 가져간 간식들이 얼마 남지 않아 그곳에서 네팔 과자와 초콜릿, 휴지를 샀다.

또 하나 친구가 내준 숙제를 하기 위해서 라면 두 봉지를 샀다. 친구가 히말라야에서 꼭 뽀글이 라면을 먹어야 한다는 숙제를 내준 탓에 의무감에 사게 됐다. 더불어 군 시절 훈련 가서 뜨거운 물만 있을 때, 라면 봉지에 뜨거운 물을 넣어 맛있게 해 먹었던 뽀글이의

홀 세일 스토어의 착한 가격표

추억을 재현하기 위함이기도 했다.

많은 외국인들이 이곳에서 물품을 사거나 음료수를 마신 후 시누와로 올라가거나 촘롱을 거쳐 지누단다나 푼힐로 향한다. 이곳 상점은 길 한가운데 검문소처럼 자리 잡고 있어서 그냥 지나치는 것은 쉽지 않은 일일 거 같다. 뿐만 아니라 길 양 옆에 배낭을 내려놓고 쉬는 사람들이 많기에 군중 심리가 발동해서 반드시 쉬어야할 거 같은 느낌이 드는 곳이기도 했다. 아마 A.B.C로 향하는 사람들 중에 이곳을 그냥 지나치는 사람은 엄청난 짠돌이거나 준비성이 투철하거나 이곳에서 쉬고 있는 사람들의 시선을 외면할 수 있을 만큼 강한 멘탈을 지닌 사람일 것이다.

이곳에서 구입한 것 중에 가장 훌륭한 선택은 휴지였다. 한국에서 가져간 휴지가 다 떨어졌기 때문이다. 롯지 내 숙소에는 휴지가 마련되어 있지 않아 반드시 휴지를 준비해야 한다. 휴지 하나를 싼 가격에 준비한 것에 뿌듯함을 느끼다니 정말 소박한 행복이었다.

잠시 홀 세일 스토어(Whole sale store)에서의 에너지 충전을 마치고 시누와를 향해 지옥의 회색 계단을 한참 내려가자 또 계곡을 건너는 다리가 나왔다.

계단을 지나 다리가 있고, 다리를 건너 다시 올라가는 길은 한 마리 뱀이 스멀거리며 산을 올라가는 것 같은 느낌이었다. 기가 막힌 모습의 풍경이다. 잠시 걸음을 멈추고, 한참 동안 이곳에 머물렀다.

계단, 다리, 흙길

감동의 여운을 정리하고 그 아름다운 길 위에 발걸음을 얹었다. 오늘따라 지난 며칠보다 더 강렬한 햇살이 내리쬔다. 그 길을 따라 강렬한 햇살과 더불어 시누와로 향했다. 아름다운 길이 끝나갈 무렵 보이는 작은 롯지에 잠시 멈춰 섰다.

너무나도 좋은 햇살에 고양이와 개가 졸고 있다. 졸고 있는 이들의 모습에서 여유가 느껴진다. 여유를 떠올릴 수 없는 사물과 생물들 사이에서 살아오다가 모든 것들이 여유롭게 움직이는 공간 속에서 삶의 기쁨에 흠뻑 젖어버린 느낌이다. 졸고 있는 강아지와 고양이 머리 위에 여유란 단어와 쉼표가 온종일 떠다니는 듯했다.

돌아봄

잠시의 쉼을 마치고 조금 오르다가 뒤를 돌아다보니 저 멀리 언덕에 마을을 이루고 있는 촘롱이 보인다.

'내가 저곳에서 여기까지 걸어오다니'

촘롱 안에 있을 때는 마을이 어떤 모습을 하고 있는지 몰랐다. 어제 촘롱으로 오면서도 전체 모습을 볼 수 있는 곳은 없었다. 오늘 계곡을 건너,

철근을 메고 가는 네팔리

반대편에 이르자 온전히 촘롱이 어떻게 생겼는지 보인다.

걷는 내내 걸어온 길을 보며, 내가 저 길을 조금씩 걷다 보니 이곳에 왔구나 하는 생각을 했고, 저 멀리 걸어갈 길을 보며, 저 길은 어떠한 모습으로 내게 다가올까 하는 생각을 해 본다. 일상 속에 없던 버릇이 생겼다. 바로 뒤를 돌아보는 거다. 앞만 보고 살아왔는데 여기선 뒤를 돌아보며 살고 있었다.

상념에 빠져 있는 사이 무거운 철근을 어깨와 목 사이에 메고 걷는 두 명의 네팔리(네팔 사람)가 지나간다. 고무장화를 신은 채 무거운 철근을 어깨와 목에 지고 산을 내려가고 있다. 지금까지는 당나귀들을 이용해 짐을 나르는 모습만을 봐왔다. 사람이 직접 무거운 철근을 나르는 일상의 모습을 보자 당나귀와 오버랩 되며 그들의 삶이 고될 거라는 편견을 가져본다.

시누와로 오르는 길에 잠시 멈춰 뒤를 돌아보는 것은 꽤 괜찮은 일이었다. 왜냐하면 건너편에 촘롱이 예쁘게 자리 잡고 있었기 때문이다. 똑같은 나무라도 앞으로 가면서 보는 것보다 지나 간 후에 뒤돌아 본 풍경이 더 멋있었다. A.B.C에 갔다가 내려오는 길에 올라가면서 뒤돌아봤던 풍경이 지금처럼 멋있을지는 모르겠다. 아마 같은 풍경이라고 그냥 지나칠지도 모르겠다. 아니면 지금 풍경과 감상을 잊은 채 새로운 감탄사를 연발할 수도.

물소 고기

오던 길을 뒤돌아보며 걷자 어느 새 시누와에 도착했다. 지금 도착한 시누와는 '아래 시누와'라고 하고 조금 더 올라가면 '위 시누와'가 있다고 한다. 아래 시누와의 '히말 게스트 레스토랑'에서 빨랫줄 사이로 더 멀어진 촘롱의 롯지들이 조그맣게 보인다. 산비탈과 능선에 형성된 촘롱이 이제는 산 속에 동화된 일부처럼 보인다.

아래 시누와에서 먼이 지역 주민들을 상대하는 로컬식당이란 곳으로 날 이끌었다. 그곳에서 먼이 버팔로(물소) 고기를 말려 양념한 육포를 대접했다. 이 식당은 자신이 잘 아는 곳이라고 하며 네팔이 자랑하는 최고의 음식 버팔로 육포를 주문했다. 가이드가 이렇게 맛있고, 멋진 음식을 대접할 줄 상상조차 못했던 터라 내 입은 귀에 걸려 버렸다.

먼은 그곳 여주인이 물소 고기 요리를 아주 잘 한다고 치켜세웠다. 몽골리안 계열의 네팔 여주인과 그의 아들을 소개 받았다. 여주인은 매우 어려 보였는데 서른여섯 살이라고 한다. 강한 자외선이 노화를 유발한다고 하는데 이곳의 깨끗한 공기가 히말라야의 강한 자외선으로부터 그녀의 노화를 예방해 준 듯, 그녀는 동안의 얼굴이었다.

잠시 후 식당 바깥에서 서성이는 젊은 친구 하나가 눈에 들어왔다. 한 동안 유행했던 스마트폰 게임인 앵그리 버드를 캐릭터로 한 셔츠를 입고 있다. 이름은 '아이떼'라 하고 나이는 열일곱 살인 소년인데, 직업이 A.B.C로 가스통이나 식료품 등을 배달하는 일이라고 한다. 아침에 시누와에서 출발하면 저녁 무렵엔 A.B.C에 도착한다고 한다. 가냘프고 어린 소년이 머리끈에 의지해 30kg을 육박하는 가스통을 지고 그렇게나 빨리 올라간다는 말에 깜짝 놀랐다.

"아이떼, 어디서 그런 힘이 나오는 거야?"

왜소하고 힘이 없어 보여 물었더니

"버팔로 고기 덕분이에요"

라고 한다.

그의 표현에 의하면 버팔로 고기가 스트롱맨을 만든다고 한다. 그리고는 자신의 근육을 만져보라고 하면서 알통을 만들어 보이기도 한다. 천진난만한 아이떼 덕분에 활짝 웃으며, 길을 걸어야 한다는 것을 잠시 잊은 채 여유 있게 시간을 보낼 수 있었다.

로컬 식당에서 위로 향하는 계단을 조금 올라가자 '세르파 게스트 하우스 롯지'가 나타났다. 이곳에는 한글로 한국음식의 메뉴를 알리는 간판이 롯지 위에 걸려있었다.

백숙, 라면, 김치찌개

'어서 오십시오. 여기에서 한국 음식을 팝니다. 1. 한국라면 2. 김치찌개, 3. 백숙 4. 김치' 라고 쓰여 있었다.

얼마나 많은 한국 사람들이 히말라야에 다녀갔으면 한글로 된 간판과 한국 음식 메뉴가 있을까? 정말 우리 민족은 산을 좋아하는 민

어서 오십시오. 한국 음식 맛있어요

족인가보다. 머나먼 이국 히말라야에 한국어 간판을 만들게 했으며 한국 음식을 팔도록 했으니 말이다. 어쨌건 한글로 된 간판이 반가워서 내려오는 길에는 반드시 이곳에 들러서 점심을 먹어야겠다는 다짐을 하고 다음 목적지로 향했다.

아래 시누와를 출발해 30여분 즈음 걷자 위 시누와의 '힐탑 롯지'에 도착했다. 롯지 초입에 시누와 2,350m라는 입간판이 반기고 있었다.

해발 2,350m의 이곳에서 마살라 티를 시켜 놓고 전망 좋은 곳에 앉아 다리를 난간에 걸쳐 놓은 채 한층 더 가까이에서 하얀 봉우리를 내 얼굴 가까이 들이밀고 있는 마차푸차레를 맞이했다. 이제 마차푸차레의 숨결이 느껴질 만큼 가까운 거리에 온 느낌이다.

히말라야 안나푸르나 트레킹은 어찌 보면 마차푸차레를 만나러 가는 길이라 해도 과언이 아니다. 포카라 공항에서 반갑게 맞은 마차푸차레를 만나러 힘겹게, 신나게, 즐겁게 오르고 내려가고 다시 오르는 길이라고 할 수 있다.

안나푸르나를 만나러 가는 길인데 안나푸르나보다는 마차푸차레가 훨씬 더 선명하게 다가왔다. 어디서 봐도 다른 산과 혼동할 일이 없는 마차푸차레는 특별한 정체성을 가지고 있었다. 사람들이 안나푸르나 사우스와 히운출리를 잘 구분하지 못해 잘못 가리킬 수는 있어도 마차푸차레와 다른 산들은 혼동하여 구분하지 못하거나 잘못 가리킬 수 없을 만큼 확연히 구분된다. 그만큼 마차푸차레는 유일무이한 존재였다.

한국 청년의 무용담

시누와에서 밤부를 향해 출발하며 시누와 끝자락에 위치한 야외식당에서 한국인 20대 청년 네 명을 만나 잠시 이야길 나눴다. 내려오는 길이라는 그들은

"4박5일만에 란드룩에서 A.B.C까지 주파하고 내려가는 길이에요."

라고 자랑스럽게 이야기를 했다.

그들의 빠른 트레킹 일정에 깜짝 놀랐으나 이내 좋은 팁을 얻을까 싶어 그들에게 대단하다는 칭찬과 놀라움의 표정을 짓고 그들의 일정과 경험에 관해 물었다.

청년들이 늘어뜨려 놓은 이야기를 전부 듣고 내린 결론은 4박5일 동안 A.B.C를 주파한 그들의 자랑이란 것이었다.

청년들의 이야기는 온갖 어려움을 이기고 빠른 시간에 A.B.C를 주파한 믿기 어려운 일에 대한 신나는 무용담이었다. 두 명의 청년은 A.B.C로 오르는 길에 고산으로 인해 토하고 머리가 아파 힘들어 죽는 줄 알았지만 그 과정을 이기고 A.B.C에 갔다 왔다고 하며 들뜬 분위기로 자랑 아닌 자랑을 했다.

그들의 이야길 다 듣고, 조금은 무모한 일정이 소셜 커뮤니티에 올라가게 되면 많은 사람들이 그렇게 해도 되는구나 생각할까 봐 걱정이 됐다. 안나푸르나와 대자연이 그들의 젊음과 열정 앞에 A.B.C를 허락했을지 모르겠지만 그리 호락호락하게 보아서는 안 될 곳이라는 말을 해 주고 싶었다. 하지만 그들의 영광스러운 명예에 상처를 줄까 염려되어 마음속으로만 생각하고 헤어졌다.

돌아서면서 먼이 한국의 술 문화에 대해 이야기한 것이 생각났다. 걸으면서 쉬면서 몇 번이나 한국의 원샷 술 문화가 놀랍다고 이야기했다. 지난 번 트레킹에서 한국의 올드 보이(연세가 많으신 분들)들이 쉴 때마다 술을 마시는 것을 보며 정말 술에 강한 사람들이며 종일 그렇게 마실 수 있는 한국 사람들은 대단하다고 했다. 그

술 문화에 버금가는 청년들이 바로 여기 있었다. 무리한 일정으로 산행을 하며 뿌듯함과 자랑을 느끼는 청년들이었다. 20대 청년들의 무용담을 듣고 기대 반 걱정 반으로 다시 길 위에 발걸음을 얹었다.

청년들의 무용담에 동화된 걸까. 안나푸르나에 가까워 올수록 어떠한 일이 있더라도 A.B.C에 꼭 가야겠다는 결심이 강해졌다. 먼저 갔다 온 사람들의 아름답다는 말과 여러 수식어를 들은 후 고산 증세가 오더라도 꼭 가고야 말겠다는 의지가 생겼다.

여행을 계획할 때, 만약 몸에 문제(고산 증세)가 생기면 A.B.C에 가지 않겠다고 마음먹은 것과는 달리 몸에 이상이 있더라고 내가 가진 모든 정신력을 동원해서 반드시 안나푸르나 베이스캠프(4310m)에 가고 말거라는 오기 같은 것이 생겨났다.

이제는 안나푸르나에 대한 동경이 오기와 욕심으로 치닫고 있었다. 이렇게 마음먹으면 안 되는 거란 생각이 들었지만 쉽게 마음이 바뀌지는 않았다.

밤부

'왜 이렇게 대나무가 많은 거야?'

시누와를 떠나 더 낮은 고도에 위치한 밤부로 가는 길에 갖은 의문이다.

아차! 밤부가 네팔어인줄 알았는데 그게 아니라 영어 밤부

(Bamboo: 대나무)였다.

이곳에 대나무가 많아 마을 이름을 밤부라고 지은 것이었다. 대수롭지 않은 일을 발견하고는 안나푸르나를 다 얻은 기분이 드는 건 왜일까? 사소한 일에도 기쁨을 느끼고 있었다.

밤부 가는 길의 돌계단

대나무가 울창한 길을 따라 돌계단을 몇 차례 오르락내리락하니까 두 시가 조금 넘은 시각에 밤부에 도착했다. 시누와에서 밤부까지 가는 길은 돌계단을 내려온 후 뒤를 돌아 그 돌계단을 바라보는 것이 감상 포인트였다. 정교하게 만들어진 돌계단과 흙길이 조화를 이루고 있는 길이었다.

금강산도 식후경이라고 했던가. 아침 이후 한국인에게 반드시 필요한 에너지원인 탄수화물을 공급받지 못해 배가 고팠다. 먼은 아마도 아래 시누와에서 먹은 버팔로 고기(육포)를 점심으로 생각한 거 같았다. 식사에 대한 말이 없다. 허기진 배를 움켜잡고 밤부에 도착했다. 먼은 도착하자마자 메뉴판을 요구해 음식을 주문하는 나의 행동을 의아하게 생각했다. 하지만 아랑곳하지 않고 탄수화물을 가득 포함한 볶음밥을 주문했다.

밤부에 도착한 후 갑자기 쌀쌀해진 날씨에 두꺼운 패딩을 입고 든든한 포만감을 유지해 주는 탄수화물을 섭취한 후 시간을 확인했더니 오후 3시였다. 여기서 짐을 풀고 머무르기엔 너무 이른 감이 있었다. 먼에게 도반까지 갔으면 좋겠다고 말했더니 잠시 고민하더니 내가 원한다면 '오케이'라고 한다.

먼은 오늘 밤부까지만 걷고, 내일 밤부에서 도반을 거쳐 데우랄리까지 간 후 다음날 A.B.C까지 가는 일정을 생각하고 있었다. 하지만 인포메이션 맵을 확인해 보니까 밤부에서 도반까지는 1시간 30분 정도면 갈 수 있는 것으로 되어있다. 오늘 그리 체력적으로도 힘들지 않아 굳이 밤부에 머물고 싶지 않았다. 조금 더 가서 도반에 머물고 내일 M.B.C까지 가는 일정이 나을 것 같았다. 원래는 A.B.C에서 머무는 일정이었지만 오기 전에 정보를 나누는 인터넷 카페에서 1월에 많은 눈으로 인해 A.B.C에 고립되었다는 이야기를 들은 적이 있다. 결론은 M.B.C에 머물며 A.B.C에 도전할 수 있는 기회를 여러 번 갖는 것이 낫겠다는 것이다. 촘롱에서 시누와까지 비스타리(천천히) 오면서 체력도 안배했고, 며칠 걸으면서 근력도 강화된 탓인지 별로 힘들다는 생각이 들지 않은 것도 가장 큰 이유였다.

밤부에서 든든히 배를 채운 밥심과 지금까지 향상시켜 온 체력을 바탕으로 도반까지 새로운 길을 떠났다. 밤부를 지난 후에도 대나무는 여전히 많았다. 고산이기에 굵직굵직하게 성장하지 못한 얇은 대를 가지고 있었지만 그늘을 만들어 걷는 사람에게 아늑한 공간을 제공해 주는 대숲 길이었다.

밤부에서 도반으로 가는 길 내내 먼은 대나무 숲 사이에 '정글 치킨'이 있다고 하며 숲 속에서 작은 움직임이 느껴지곤 하면 정글 치킨인가 살펴보려고 잠시 발걸음을 멈추고 숲 속을 응시하곤 했다. 아마도 야생에서 살아가는 닭을 '정글 치킨'이라고 하는 것 같다. 나중에 인터넷을 검색해 봤는데 '정글 치킨'이라는 것은 정식으로 쓰이는 이름이 아니라 몇몇 부족이 부르는 이름이었다. 정글 치킨은 도대체 어떻게 생긴 걸까 궁금했다. 물론 닭의 모양을 하고 있기 때

나무에서 자라난 쓰레기통

문에 치킨이라고 불리겠지만 추측 외에는 어떠한 상상도 할 수 없는 것이 조금 답답했다. 밤부에서 도반으로 향하는 대나무 숲에서는 정글 치킨이 이야깃거리가 되어 힘들지 않게 지나갈 수 있었다.

길거리에 대나무 쓰레기통 하나가 보인다. 고레파니 입구의 파란색 쓰레기통과는 달리 대나무로 만들어져 있고, 길옆에 있는 나무에서 가지가 뻗어 나와 생긴 것처럼 느껴질 만한 곳에 놓여 있었다. 많은 트레커들이 지나가는 길에 버려 놓은 쓰레기로 가득 차있다. 한국어로 쓰인 상표의 비닐봉지도 있다. 얼마나 많은 사람들이 길가에 함부로 쓰레기를 버리면 이렇게 대나무를 엮어서 쓰레기통을 만들어 놓았을까. 대자연과 어울리지 않는 쓰레기통. 이런 쓰레기통은 아예 이곳에 놓여 있지 않는 것이 옳지 않은가.

만남들

밤부를 출발한지 1시간 20분 즈음 지나 '도반 게스트 하우스'에 도착했다. 도반의 롯지에서는 '뷰(view)'라는 표현을 쓰지 않았다. 도반이란 곳의 주변을 둘러보았다. 옆엔 계곡이 흐르고 계곡 건너편에는 깎아지듯 경사를 이루고 있는 절벽이 있었다. 사방을 둘러봐도 뷰하고는 거리가 먼 곳에 위치하고 있었다.

도반의 롯지들은 '안나프르나 어프로치 롯지' 등 안나푸르나에 가까워 왔다는 의미를 담고 있는 것들이 대부분이었다. 또 뷰와 상관이 없기 때문인지 롯지들은 1층으로 되어 있었고, 식당도 1층으로

처음 비를 만났던 도반 게스트 하우스

숙소 옆에 붙어 있었다. 촘롱이나 고레파니에 비하면 아주 단출한 모습이었다.

숙소에 짐을 풀고 침구 상태를 점검했는데 지금까지 숙소 중에서 가장 좋은 상태다. 이전까지 거의 모든 롯지의 침구는 눅눅하고 곰팡이 냄새 같은 것들이 났었는데 이곳 도반의 것들은 뽀송뽀송 정도는 아니었지만 눅눅하지 않은 꽃무늬 이불이 비치되어 있었다.

숙소에 짐을 정리하고 롯지 외부에 공용으로 사용하는 세면대에서 얼굴만 간단히 씻은 채 식당으로 향했다. 오늘은 그리 많은 땀을 흘리지도 않았고, 고산 증세에 대한 염려로 샤워는 하지 않았다.

식당에는 영어를 쓰는 두 남자와 독일어 비슷한 말을 쓰는 남녀가 있었다. 독일어를 쓰는 남녀에게 붙임성 있게 웃으면서 영어로 어디서 왔냐고 묻자 스위스라고 하며 아주 편안한 미소를 지었다. 편안한 미소와 선한 얼굴을 한 그들과 맞은편에 앉아 식사를 하면서 자연스럽게 몇 마디 하게 됐다. 그들은 부부이고 1월에 안나푸르나 트레킹에 나서게 된 것은 조용하고, 사람도 없고, 눈으로 덮인 아름다운 안나푸르나를 감상할 수 있기 때문이라고 한다. 다른 사람을 생각해서인지 아주 나지막한 목소리로 대화를 했다. 두 사람이 지도를 펴 놓고 내일 일정을 소곤소곤 말하는 모습이 무척이나 좋아 보였다. 내일 M.B.C까지 갈 계획이라고 해서 나도 같은 일정이라고 답하고 잠시 이야기하며 시간을 보냈다.

시선을 돌려 식당 내부와 주방을 살펴봤다. 식당은 주방 내부의 구석구석까지 보이도록 개방되어 있었다. 주방 쪽을 보니 두 명의 젊은 청년 요리사가 뜨거운 불 속에서 열심히 요리를 하고 있었다. 요리를 하던 중 갑자기 둘 중에 한 명이 구멍이 난 천장으로 올라가 무언가를 가지고 내려 왔다. 천장에 식품 재료를 보관하는 창고가 있는 듯 했다. 천장까지 사다리나 어떠한 도구도 이용하지 않고 온전히 팔 힘만으로 오르내리는 모습이 신기했다.

주문한 저녁을 기다리는 동안 주방의 한 남자에게 롯지의 주인이냐고 물었더니

"예스"

라고 하며 묻지도 않았는데

"지금 요리를 하고 있는 청년은 저의 동생이에요."

라고 한다. 두 형제의 모습도 히말라야의 한 부분인 듯 하얀 설산이 만들어낸 아름다운 풍경처럼 보였다.

두 형제가 저녁을 준비하는 모습을 보며 도반에 도착하자마자 앞마당에서 먼이 이곳 롯지에 대해 이야기한 게 생각난다. 이곳의 주인은 리치 피플(부자)이며, 가이드나 포터에게 불친절하다는 것이다. 또 롯지의 서비스에 탐탁지 않은 듯 어정쩡한 감정의 표정을 지었다. 아마도 가이드와 포터들이 젊은 롯지 주인의 원칙주의적인 성격과 깔끔함을 어려워하는 곳이란 생각이 들었다. 가이드나 포터들이 어려워하는 것과는 달리 트레커들에게는 침구 상태도 좋고, 세면대, 화장실, 핫 샤워 시설 등도 만족할 만큼 청결한 곳이었다.

잠시 이런 저런 생각에 머물러 있다 보니 주문한 삶은 감자와 샐러드를 잘 생긴 청년이 내 앞에 내려놓았다. 계속해서 튀기거나 느끼한 것으로 끼니를 해결했던 거 같아 이곳에서는 튀기지 않은 삶은 감자와 샐러드를 주문했다. 먼의 기준에 의하면 오늘은 네 끼째를 먹는 것이다. 네 끼를 먹는 돼지의 입장이 되었지만 히말라야 고산에서 먹는 삶은 감자는 산의 아름다움을 달콤함과 고소함으로 옮겨 놓은 듯 깊은 맛을 지니고 있었다. 네 끼 째라는 걸 잊을 정도였다.

깔끔한 저녁 식사를 마친 후 맞은편의 스위스 부부에게 가벼운 눈

인사로 저녁 인사를 한 후 방으로 돌아왔다. 작은 식당에서 훈훈한 이야기와 눈빛을 교환하며 색다른 인연을 맺었다.

빗소리

방으로 돌아와 먼이 이곳 도반의 롯지 주인이 가이드를 대하는 태도와 가이드를 위한 숙박 환경에 대해 불편해 하는 것이 마음에 걸렸다. 그냥 도반까지 오지 말고, 밤부에 머물렀어야 하는 것이 아닌가. 하지만 도반까지 온 것이 향후 트레킹 일정에 도움이 될 것이라는 생각은 변함없었다.

잠자리에 들기 전에 별들이 빚어낸 촘롱의 감동을 다시 한 번 느끼려고 바깥에 나갔지만 기대와 달리 흐린 날씨 때문에 별을 보지는 못했다. 히말라야라고 해서 매일 쏟아지는 별을 볼 수 있는 것은 아니었다.

방으로 돌아와 오늘 밤부에 머물지 않고 도반까지 와 준 먼에게 감사하는 마음을 갖고 잠을 청했다. 금세 깊게 잠이 들었는데 잠결에 뭔가 소리가 들린다.

"탁, 탁, 타다닥, 타다닥"

롯지 천장과 마당에 부딪치는 둔탁한 빗소리였다. 히말라야에 온 이후 처음 듣는 빗소리다. 꽤 많이 내리는 거 같았다. 빗소리에 자다 깨다를 반복했지만 히말라야의 비가 만들어낸 운율이 그리 나쁘게 들리지는 않았다. 히말라야의 건기인 1월에 그것도 A.B.C에 가까운 곳에서 비가 오는 소리를 들을 수 있었던 것은 평소에 빗소리를 좋아하는 나로서는 큰 행운이었다. 빗소리를 운율 삼아 밤을 보냈다.

Trekking
트레킹
Annapurna

6일차

START
FINISH
도반
(08:40)
히말라야
(10:00)
데우랄리
(12:20)
M.B.C
(17:20)

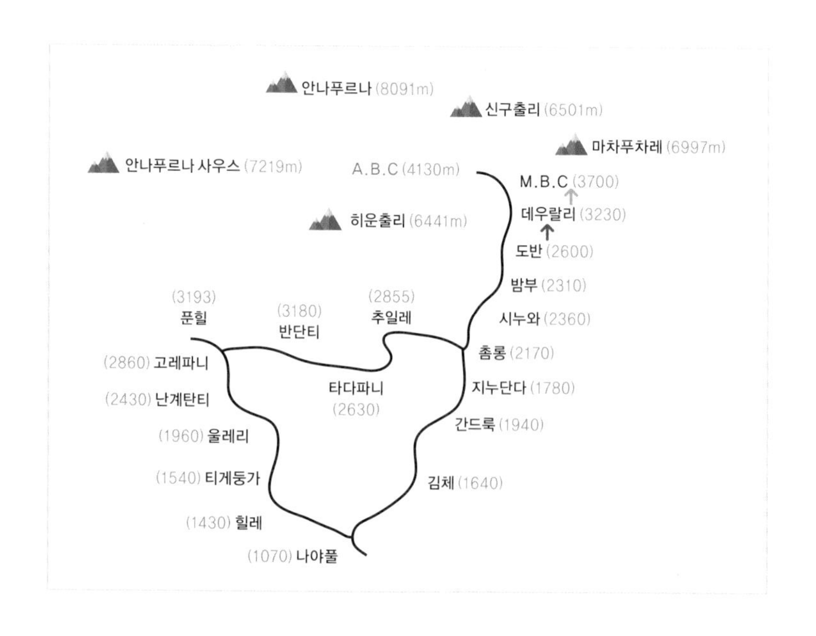
안나푸르나 (8091m)
신구출리 (6501m)
마차푸차레 (6997m)
안나푸르나 사우스 (7219m)
A.B.C (4130m)
M.B.C (3700)
히운출리 (6441m)
데우랄리 (3230)
도반 (2600)
밤부 (2310)
(3193) 푼힐
(3180) 반단티
(2855) 추일레
시누와 (2360)
촘롱 (2170)
(2860) 고레파니
타다파니 (2630)
지누단다 (1780)
(2430) 난계탄티
간드룩 (1940)
(1960) 울레리
(1540) 티게둥가
김체 (1640)
(1430) 힐레
(1070) 나야풀

환상의 아침

어젯밤 내내 뒤척이면서도 빗소리를 들은 것이 행운이라고 생각했지만 아침이 되자 행운은 걱정으로 변해 버렸다. 밤부에 이렇게 많은 비가 내렸으면 M.B.C와 A.B.C에는 눈이 많이 내렸을 것으로 생각됐기 때문이다.

'눈 때문에 올라가지 못할 상황이 생길 수도 있는 게 아닐까?'

트레킹에 관한 정보를 얻었던 카페에서 A.B.C에 눈이 많이 와서 고립된 경우도 있었고, 통제되어 못 올라간 경우도 있다는 글을 읽은 적이 있다. 또 시누와에서 만난 청년들이 A.B.C에 눈이 많이 와서 올라가는데 힘들었다는 말을 들은 터라 걱정은 더해갔다.

진초록과 눈꽃의 공존

일단 걱정은 접어두고 밤새 내린 비가 어떤 모습으로 히말라야에 내려앉았는지 보기 위해서 방 밖에 나서자마자 두 눈이 건너편 산에 고정돼 버렸다. 절벽처럼 앞을 가로 막고 있는 맞은편의 산들이 초록과 흰색의 투톤으로 변해있었기 때문이다. 흰색은 족히 4,000m가 넘어 보이는 맞은편 산에 눈꽃이 만들어낸 색이었다. 롯지엔 비가 내렸지만 롯지 앞 계곡 건너편 더 높은 고도의 산에는 눈이 내렸다. 밤새 내린 비는 고도에 따라 비가 눈으로 어떻게 바뀌는지 구분해 주고 있었다. 어제 내린 비는 히말라야에서 물로 빠져 나가지 못하고 눈꽃으로 환생해서 그 모습을 드러내고 있었다.

도반에서 환상적인 아침을 맞이하고, 본격적인 겨울 산행을 위한 장비들을 챙겼다. 오늘은 M.B.C까지 오를 예정이기 때문에 아이젠, 스패츠, 장갑, 비니, 핫 팩 등을 미리 챙겨서 배낭 안에 꺼내기 쉬운 곳에 배치하는 준비를 했다. 만약 산행 중에 비가 오거나 눈이 올 것을 대비해 모든 짐들을 준비해간 비닐에 정리해서 넣는 작업을 했다. 비가 올 경우를 대비해 투명 비닐과 튼튼하고 방수가 잘 될 거 같은 100리터짜리 주황색 종량제 쓰레기봉투를 준비했다. 1월은 네팔의 건기라 비가 내리지 않는다고 하지만 어젯밤에 내린 비 때문에 노트북 등 중요한 짐들을 비닐봉지에 넣은 다음 쓰레기 종량제 봉투에 넣어 철저한 대비를 했다.

밖에 쌓인 눈을 보니 M.B.C와 A.B.C의 날씨가 이곳 도반과 비슷하다면 내가 상상했던 히말라야 원정대 분위기가 날 것 같단 생각이 들었다. 물론 데우랄리 나 M.B.C, A.B.C는 당연히 고도가 높아 비가 아니라 눈이 왔을 것이다. 얼른 가서 눈이 펼쳐놓은 아름다운 모습을 보고 싶어 조바심이 났다. 비스타리, 비스타리를 잊은 채.

아이떼

도반을 출발하고 얼마 지나지 않아 어제 시누와에서 만났던 열일곱 살 아이떼를 만났다. 아이떼는 짐을 가득 넣은 대나무 바구니를 머리끈 하나에 의지한 채 A.B.C로 향하고 있었다. 얼마나 힘이 들고 땀이 났으면 추운 날에도 불구하고 가벼운 라운드 티 하나만 입고 있었다. 이마에는 땀이 송골송골

짐을 지고 A.B.C로 향하는 열일곱 살 소년

맺혀 있었다.

A.B.C에 오르는 것이 어떤 이에겐 일생에 한 번 있는 뜻 깊은 여행이나 추억인데 어떤 이에게는 날마다 짐을 실어 나르는 삶의 행보였다. 아이떼에게 양해를 구하고 아이떼가 진 짐을 져보았다. 짐을 지자 무엇보다도 목이 지탱해야 하는 힘이 굉장했다. 어릴 때부터 이마에 띠를 두르고 목으로 무게를 지탱했던 네팔리(네팔 사람)와 다르게 머리띠에 의존해 무거운 짐을 져야하는 것은 허리, 머리, 목 등에 뻐근한 부담이 될 정도로 힘들었다. 하지만 네팔리(네팔 사람)들은 이런 전통 방식의 짐 지기가 습관이 되어서 그런지 아니면 고산에서 짐을 이동할 때 가장 효율적인 방법이라고 생각하는지는 모르겠지만 그들은 자신이 진 짐이 누르는 무게의 중압감을 이기고 묵묵히 힘의 균형을 유지한 채 산을 올라가고 있었다. 오르막이 많은 길이기 때문에 이러한 방법으로 짐을 지고 올라가야 어깨와 관절에 많은 무리가 가지 않을 거란 추측만 해 봤다.

난 아이떼와 촘롱에서 산 네팔산 코코넛 과자를 나눠 먹으며 잠시 시간을 보냈다. 아이떼와 짧은 시간이었지만 시누와가 아니라 A.B.C로 향하는 길에서 두 번째 만남은 트레킹 중 네팔 히말라야 사람의 일상과 만남이라는 뜻 깊은 일이었다.

아이떼는 다시 A.B.C를 향해 출발했다. 먼은 아이떼가 데우랄리에 머물지 않고 M.B.C나 A.B.C로 향하면 오늘 M.B.C까지 가는데 날씨로 인한 장애는 없을 거라고 했다. 롯지에 필요한 생필품을 나르는 아이떼 같은 포터들이 지나간 후라면 날씨 때문에 트레킹에 문제가 생기지는 않을 거라는 논리였다. 생필품을 운반하는 포터들의 삶이 트레커들의 일정을 계획하는 척도 역할을 하고 있었고, 간접적으로 안전을 책임지는 역할도 하고 있었다.

히말라야 롯지

도반과 데우랄리 사이에 위치한 히말라야 롯지로 가는 길엔 눈이 쌓여 있었고 꽤 쌀쌀했다. 넥 워머를 착용해 쌀쌀한 공기로부터 목을 보호해야할 정도였다.

히말라야 롯지로 가는 길에 어제 저녁 도반에서 만났던 스위스 부부를 만났다. 가이드나 포터 없이 무거워 보이는 짐을 부부가 나눠지고 올라가고 있었다. 가방이 족히 60리터는 돼 보여 힘들 거 같았지만 웃는 모습으로 인사를 한다. 그들과의 짧은 인연을 영원히 간직하고 싶어 함께 사진을 찍었다. 언젠가는 그 사진 속의 주인공들을 히말라야가 아니라 다른 곳에서 만날 수 있을지 모르는 극히 드문 확률을 기대하면서. 사진을 찍은 후 그들을 앞질러 히말라야로 향했다.

폭신폭신한 눈을 밟으며 히말라야라는 대표 이름을 사용하고 있는 히말라야 롯지로 기대의 마음을 가지고 한 걸음 한 걸음 걸었다. 다른 롯지들과는 뭔가 다를 거라는 생각이었다. 하지만 히말라야 롯지에 도착하자마자 기대는 실망으로 변해 버렸다. 히말라야 롯지는 작은 마을로 이루어진 곳도 아니고, '히말라야 호텔'이라는 롯지 하나가 덩그러니 있는 곳이었다. 호텔이라는 이름에 걸맞지 않은 작은 규모의 숙소였다.

히말라야에 도착해 잠시 휴식을 취하는데 아까 만났던 스위스 부부가 쉬지도 않고 잠시 눈인사를 하고 앞질러 갔다. 도반에서 먼저 출발한 스위스 부부를 앞질렀는데 다시 전세가 역전되었다. 이곳에

스위스 부부의 다정한 도전

서 경쟁 심리가 발동한 건 뭘까. 그들을 보며 앞지르거나 추월당했다는 단어가 떠오르는 내 자신이 창피했다.

이곳에 처음 왔을 때 '비스타리, 비스타리'를 외쳤던 나인데 그들의 앞서감에 알게 모르게 경쟁 심리가 발동하는 건 오랜 세월 경쟁 속에 살아 와 내 몸속에 코딩된 DNA의 소산물인가?

히말라야 롯지를 떠나면서 다음과 같은 안내판이 눈에 들어왔다.
'NEXT PLACE DEURALI NO. RODGE 4'

아마도 이 안내판이 롯지마다 매번 있었을 지도 모른다. 하여간 내가 처음 본 것은 이곳에서였고, 안내판의 내용은 '다음 장소는 데우랄리 롯지이고, 롯지의 개수는 4개'라는 의미를 담고 있었다.

히말라야를 떠나 데우랄리로 향하면서 뒤를 돌아다보니 히말라야 롯지 지붕 위의 눈들이 왠지 모르게 처량해 보였다. 추운 날씨에 인기척이 없는 롯지의 분위기 때문인지 내 마음 때문인지 간간히 휘날리는 지붕위의 눈들이 처량해 보였다. 히말라야 롯지에는 사람이 묵은 흔적이 없었고, 지나가는 길목에 위치한 휴게소의 의자에도 사람들이 머문 흔적이 없어 보였다.

집 만드는 돌

히말라야 롯지에서 잠시 쉬면서 가진 연민의 감정을 뒤로 하고 데우랄리로 향했다. 데우랄리로 가는 길에 또 다른 네팔리(네팔 사람)를 만났다. 배우 안성기 씨를 닮은 잘 생긴 몽골 계열의 네팔리(네팔 사람)였다. 길 한편에 쪼그리고 앉아서 망치로 회색빛깔의 단단해 보이는 돌을 부지런히 깨고 있었다. 구릿빛 얼굴에 둥근 챙이 있는 모자와 지적으로 보이는 안경을 쓰고, 아주 거칠어 보이는 손으로 회색빛 돌들을 망치로 쪼개 조그마한 돌로 만드는 작업을 하고 있었다. 이 사람이 하는 작업은 집을 짓는데 사용되는 돌을 만드는 거라고 한다. 몹쓸 호기심이 발동했다. 그에게 허락을 받고 나도 한 번 해 봤다. 한 두 번 하기에는 그리 어려운 작업은 아닌 거 같았지만 3,000m가 넘는 고산에서 추위와 싸우며 하루 종일 쪼그리고 앉아서 일하기에는 고된 일이란 생각이 들었다. A.B.C로 향하는 길에서 만난 네팔리(네팔 사람)들의 다양한 삶 중에 또 다른 삶 하나와 마주치고 그의 삶에 대해 경외감을 갖는 순간이었다.

돌을 깨고 있는 영화배우

담는다는 것

조금 더 걷자 진초록과 설산의 대비가 아니라 설산의 바위와 눈이 만들어낸 명암의 대비가 펼쳐지고 있었다. 눈으로 보기만 하면 내 기억 속에서 사라질까봐 사진 속에 담아 보지만 현실이 만들어 내는 아름다운 풍경을 사진이 그대로 반영하지는 못 했다.

사진이 만들어낸 왜곡이 때론 아름다워 보이기도 하지만 자신의 눈으로 아름다움이 펼쳐지는 장소에서 직접 보는 것이 세상에서 가장 아름다운 것이란 걸 다시 한 번 알게 된 순간이었다.

사람들의 시력이나 눈의 상태에 따라서 색이 다양하게 보인다고 한다. 사람들의 눈이 색을 인지하는 정도가 다 다르다고 한다. 파란색의 사물이 모든 사람에게 전부 같은 파란색으로 보이는 것이 아니라 어떤 사람에게는 더 짙은 파란색, 어떤 사람에게는 옅은 파란색으로 보인다는 것이다. 아마도 내게 보이는 히말라야의 하얀 설산이 만들어낸 풍경이 다른 사람들의 눈에는 또 다른 느낌의 색과 풍경으로 보일 수도 있을 것이다. 카메라 종류와 성능에 따라 그 색이 달라 보이듯이 다른 사람의 눈에는 다른 색감으로 나타날 수 있을 거란 생각을 해 봤다.

차가운 산의 기운을 받아 절대로 녹지 않을 것 같은 설산의 눈을 강렬한 태양이 녹여 보려고 하루 종일 애쓰지만 히말라야를 둘러싸고 있는 차가운 기운으로 인해 눈을 녹이기가 쉽지 않아 보인다. 태양이 감히 녹일 수 없는 히말라야의 눈이지만 트레커들이 밟고 간 자리엔 눈이 녹아있다. 강렬한 태양의 힘보다 사람들의 발자국이 히말라야에게는 더 가혹해 보인다. 사람들이 밟고 올라간 길은 질척거린다. 산 아래에서부터 데리고 온 문명이라는 열기가 차가운 대지의 눈들을 녹여 버렸다. 그 길을 따라 한 걸음 한 걸음 더 걷는다.

데우랄리로 향하면서 꽤 무거워 보이는 가방을 멘 포터 다섯 명을 만났다. 이들은 단체 등산객의 짐을 지고 내려가는 포터라고 한다. 포터 다섯 명이 엄청나게 무거워 보이는 짐을 지고 줄을 지어 내려간다. 짐을 진 그들의 모습에서 고된 삶의 모습이 느껴지는 건 왜일까?

자신의 몸보다 더 큰 짐을 지고 있는 포터

먼과 내가 트레커와 가이드의 관계를 넘어선 동행자라면, 이들은 고용된 노동자란 생각이 들었다. 나와 동행한 먼이 저들만큼 짐을 질 힘이 없을지라도 내가 지고 있는 인생의 무거운 짐을 함께 나누고 나에게 있어 여행의 즐거움을 줄 수 있는 훌륭한 동행자 역할을 해 내고 있었다.

무거운 짐을 지고 가는 여러 명의 포터를 만난 후 다시 천천히 히말라야의 장엄한 안나푸르나와 나란히 걸었다. 안나푸르나의 높은 봉우리에서 흘러와 절벽 아래로 흘러내린 물들이 하얀 빙벽을 이루고 있었다. 얼어있었지만 곧 녹아서 움직일 것 같은 느낌이다. 달리 보면 어린 아이가 콧물을 흘리다가 그대로 얼어붙은 것처럼 보였다.

어린아이 콧물 같은 눈

또 다시 데우랄리

하늘을 찌를 것 같은 높이를 가지지 못해 감히 산이라 불리지 못하고 그냥 저기 저 산이라는 불리거나 언덕이라 불리는 것들의 자태가 촘촘히 우뚝 서서 사람들과의 만남을 기다리고 있었다. 구름 속에 자태를 감췄다가 다시 그 모습을 드러내는 모양이 사람들에게 이름을 부여받지 못한 것에 대한 부끄러움인 듯 보였다.

1월의 히말라야 설산들은 눈을 머금고 있었지만 설산들 사이의 계곡에는 하늘에서 히말라야를 타고 내려온 물이 흐르고 있었다. 설산을 보면 모든 것이 얼어있을 것만 같은데 그 설산 아래에는 생동감이 흐르고 있었다. 먼의 말에 의하면 몬순(장마) 시즌에는 계곡의 물이 무서울 정도로 많다고 한다. 위험하지만 계곡의 물소리 또한 멋지다고 한다. 히말라야의 웅장함을 그 안에 오롯이 담고 내려오는 물소리가 어떨지 상상만 해 본다.

저 멀리 데우랄리로 올라가는 계단이 보인다. 도반 이후로 '히말라야 롯지' 외에는 마을이나 집이 없기 때문에 데우랄리가 무척 반가웠다. 언덕 위에 데우랄리를 이루고 있는 몇 개의 롯지가 보인다. 그 경계선이 모호하지만 아마도 네 개일 것이다.

이곳에 와서 며칠 사이에 느낀 건 손에 잡힐 듯 보이는 곳도 막상 걸으면 쉽게 다다를 수 없다는 것이다. 내 걸음이 느려서 그런 건지 맑은 공기로 인해 선명하게 보이는 롯지의 모습이 생각보다 멀리 있는데 가까이 보이는 건지 알 수 없었다. 도시 문명 속에 익숙

급변하는 날씨를 지닌 데우랄리

한 눈이 거리 감각을 상실한 느낌이 들었다.

드디어 데우랄리에 도착했다. 사람들이 많다. 데우랄리가 좁은 건지 사람이 많은 건지 데우랄리의 식당 안은 매우 북적거렸다. 먼저 올라갔던 스위스 부부를 만났다.

식사를 거의 마친 상태로 보여 인사를 하고 도착 시간을 물어 보니까 30분 정도 먼저 도착했다고 한다. 사람들이 너무 많아 가장 빨리 나오는 메뉴(치즈 자파티)를 골라 식사를 했다고 한다. 조용하고 차분해 보이는 외모와 말투에서 빨리 나오는 메뉴를 주문했다고 하니까 약간 어울리지 않는다는 생각이 들었다. 하지만 곧 하산하는 많은 사람들로 인해 시끄러운 식당에서 그들이 왜 빠른 시간에 식사를 하고 떠나려고 했는지 알 거 같았다. 어제 저녁 도반 식당에서 시끄러운 성수기 시즌을 피해서 안나푸르나에 왔다는 말이 생각났다. 데우랄리에 북적 북적 많은 사람들의 웅성거림에 적응하지 못하고 있었던 것이다. 나도 사람들이 많아 앉을 자리를 확보하는 것도 쉽지 않은 이곳을 빨리 벗어나고 싶었다. 가장 빨리 나오는 치즈 자파티를 맛있게 먹은 스위스 부부가 자리에서 일어나 인사를 한 후 먼저 길을 나섰다. 오늘 M.B.C까지 간다고 한다. M.B.C에서 보자는 인사를 하고 헤어졌다.

스위스 부부가 먹은 것과 똑같은 치즈 자파티와 오믈렛, 커피를 시키고 잠시 창밖을 내다보고 있는데 갑자기 날이 흐려지고 있었다. 산 위에서 구름이 스멀스멀 데우랄리로 내려오더니 가까운 곳의 모습들을 하나 둘씩 눈보라 속으로 감춰버린다. 진눈깨비가 날리기 시작한다. 데우랄리를 멀리서 볼 때만 해도 맑은 날씨였는데 갑자기 가장 가까운 발치조차도 보이지 않게 됐다.

의사결정

롯지 마당에서 먼이 하늘을 보며 걱정 어린 눈빛을 하고 있다. 급

변하는 날씨를 물끄러미 바라보고 있더니 잠시 후 나에게 M.B.C에 도전할 수 있냐고 물었다.

"아임 오케이"

라고 했더니 먼은 상황이 약간 좋지 않지만 올라가지 못하는 건 아니라고 하며 가장 중요한 건 나의 의지라고 했다. 나는 눈이 오는 상황을 그리 심각하게 생각하지 않았고 눈보라가 몰아치는 상황에서 원정대의 대원처럼 M.B.C에 오를 수 있을 거란 생각을 하며 곧 있을 재미있는 일을 기대하고 있는 어린아이 같은 마음뿐이었다.

다큐멘터리나 영화에서 주인공이 눈보라 치는 설산의 능선에서 묵묵히 산을 오르는 모습이 멋지게 보였다. 난 지금 그 상황을 재현

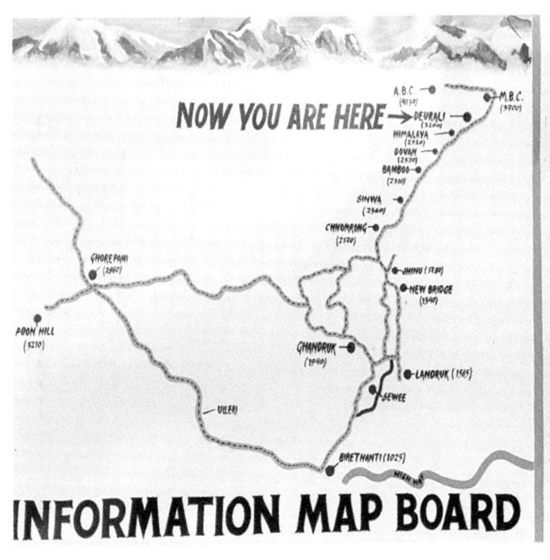

걸어온 길과 걸어 가야할 길을 알려 주는 인포메이션 맵

해 보고 싶은 철없는 마음만이 머릿속에 가득했다.

먼과 잠시 이야기를 나눈 후 식당으로 들어왔다. 식당 안이 왁자지껄했다. 몇몇 한국 사람들이 꽤나 흥분된 어조로 대화를 나누고 있었다. 현재 A.B.C에 눈이 허리만큼 내려서 매우 위험하고, 내려오는 길에 눈사태를 봤다고 하면서 격양된 목소리로 위험을 알리는 대화를 나누고 있었다. 그리고 어제 밤 A.B.C에는 많은 눈이 내려 고립된 사람도 있다는 것이다. 올라가려고 준비하고 있는 한국 청년들에게 기상 상황을 봐서 가급적 데우랄리에서 자고 내일 올라가라고 하는 것이다. 난 그들의 대화를 듣고, A.B.C에서 방금 내려온 사람들의 말을 들어야 하는 건지 먼의 말을 들어야 하는 건지 갑자기 혼란 속으로 빠져들었다.

다시 먼에게 올라갈 수 있는지 물었다. 먼은 못 올라갈 상황은 아니라고 한다. 이제 막 오후 1시도 채 안 된 이른 시간이라 시간이 지나면 날씨가 바뀔 수 있다고 한다.

먼과 중요한 의사결정의 시간을 가졌다. 먼은 나의 의지에 대해 물었고, 내 의지만 있으면 괜찮다고 했다. 난 약간 혼란스러웠으나 먼이 덧붙인 이야기에서 용기를 얻었다. 방금 아이떼가 A.B.C로 올라갔고, A.B.C와 M.B.C로 향하는 포터들이 곧 올라갈 거고, 만약 지금부터 올라가는 포터가 있으면 그 포터를 따라 올라가면 된다고 한 다. 포터들이 올라갈 수 있다는 것은 우리도 충분히 올라갈 수 있는 날씨를 의미한다는 것이다. 그는 아주 오랜 경험을 가진 포터들을 믿는다고 했다. 나는 경험에서 우러나온 그의 말에 믿음을 가진 동의를 하고 길을 나서기로 했다.

몇몇 한국인 트레커들은 데우랄리에서 하루를 묵고 내일 날이 좋아지면 올라간다고 한다. 그들의 결정이 내 결정에 약간의 두려움을 줬지만, 나의 결정을 바꿀 정도의 두려움은 아니었다. 만약 먼이 지표로 삼은 포터의 산행이 없다면 주저 없이 결정을 번복했을 것이다.

눈보라 속으로

1월의 A.B.C 도전이 주는 묘미를 만끽하려고 아이젠과 스패츠 등 동계 산행 장비를 점검하고 M.B.C로 향했다. 눈보라 때문에 앞이 보이질 않는다. 갑자기 먼이 멈춰 섰다. 왜냐고 묻자 이곳은 눈사태지역이라고 한다. 앞 쪽 상황이 짙은 눈보라로 인해 보이지 않는다. 이곳에서 잠시 기다리자고 한다. 만약 생필품을 운반하는 포터 중에 한 사람이 이곳을 지나가면 그가 지나가는 것을 보고 가자는 것이다. 공산품이나 가스통을 지고 나르는 포터가 올라가게 되면 별 문제 없이 올라갈 수 있을 것이라는 말을 다시 한 번 강조했다. 먼은 생필품을 운반하는 포터의 판단을 굉장히 신뢰했다. 그건 가이드의 능력이 부족해서가 아니라 매일 A.B.C에 오르는 그들의 경험을 믿는 것이었다.

안나푸르나 정상에서 내려오는 눈보라

잠시 계단 앞에 멈춰서 생필품을 운반하는 네팔리 포터가 오기를 기다렸다. 얼마 후 눈보라가 휘날리는 날씨에 믿기지 않지만 반팔 차림으로 생필품을 지고 올라가는 포터가 천천히 걸어 왔다. 그는 주저함 없이 눈보라가 치는 그 계단을 올랐다. 먼은 그와 인사를 하고 고개를 돌려 나에게 끄덕이며 기다렸다는 듯이 포터의 뒤를 따라 앞서서 계단을 올랐다.

지금 M.B.C로 향하는 사람은 우리 밖에 없는 듯 했다. 자욱한 구름과 눈으로 시야를 가린 안나푸르나의 변덕스러운 날씨를 감당하면서 M.B.C로 향했다. 눈보라가 계속해서 앞을 가렸다. 안나푸르나의 아름다운 모습을 볼 수는 없었지만 눈보라가 앞을 가리는

눈보라 속에 M.B.C로 향하는 네팔리 포터

상황이 그리 나쁘지만은 않았다.

M.B.C에 생필품을 배달하는 포터도 어느덧 반팔에서 패딩 점퍼로 갈아입었다. 그의 발걸음도 눈보라 때문인지 더디다. 서른 즈음 되어 보이는 나이로 수도 없이 올랐을 이곳에서 가쁜 숨을 몰아쉬고 있었다. 쉴 공간도 없는 길에서 그와 함께 눈보라를 맞으며 선 채로 잠시 휴식을 취했다.

그의 고된 삶에 대한 경외감 때문에 함께 사진을 찍고 싶었다. 그의 동의를 얻어 함께 사진을 찍고 곧바로 사진을 살펴보았다. 그와 찍은 사진을 보고 깜짝 놀랐다. 왜냐하면 나와 대비되는 그의 모습 때문이다. 사진 속에는 그의 고된 삶이 너무 많이 녹아 있었고, 상대적으로 그에 비해 나는 매우 가벼워 보이는 삶의 모습을 하고 있었다. 그의 고된 삶이 마지못해 같이 사진 찍는 것을 허락한 느낌이었다. 너무나 극명한 대비를 보이는 모습에서 여행 중에 추억을 남기기 위해 같이 사진을 찍자고 부탁한 생각 없는 여행자의 추한 모습을 볼 수 있었다.

지친 포터를 뒤로 한 채 다시 눈보라를 헤치며 M.B.C로 향했다. 눈보라 속에 희미하게 M.B.C가 보인다. 인터넷에서 사진으로 봤던 M.B.C와는 다른 모습처럼 느껴진다. 어떠한 각도로 사진을 찍었는지 모르겠지만 블로그나 카페에서 사진으로 보고 기억하는 M.B.C와는 다른 모습이다.

여하간 중요한 것은 내가 마차푸차레 베이스캠프(M.B.C) 바로 그곳에 서 있다는 것이다. 상상 속에만 존재했었고, 상상만으로 여러 번 다녀갔던 던 장소에 내 발과 몸이 실재하고 있었다.

자면 안 돼

M.B.C에 도착하자마자 마차푸차레 정상의 물고기 꼬리가 구름 위에 모습을 드러냈다. 저녁 햇살을 받아 호수에서 헤엄치는 물고기의 은빛 꼬리처럼 빛났다. 올라오는 내내 눈보라로 인해 밤으로 착각할 정도였는데 눈이 그치자 하늘에 높이 뻗어 있는 마차푸차레가 아직 밤이 아님을 알리는 듯했다.

내가 마차푸차레를 보고 있는 줄도 모르고 먼이 흥분해서

"마차푸차레 조금"

이라고 외친다.

가이드를 하면서 자주 이곳에 왔을 먼도 마차푸차레가 빚어낸 아름다운 풍경에 빠져있었다.

눈보라를 뚫고 낭만적인 트레킹을 한 보상은 마차푸차레의 하얀 봉우리에 맺힌 해넘이로 충분했다.

서서히 날이 어두워지면서 M.B.C 롯지의 낡은 전구에 불이 들어왔다. 롯지 식당 안에서 밖을 바라보며 창에 어린 전구의 불빛이 따뜻하게 느껴진다. M.B.C 롯지 식당도 여지없이 난방과는 거리가 멀었다. 추웠지만 식당을 가득 채운 사람들로 인해 따뜻한 공기 그 이상의 무엇이 가득 차 있었다.

먼이 배정받은 방으로 돌아가는 나에게

"저녁 먹기 전까지 잠들면 안 돼요."

라고 한다.

"졸음이 오더라도 참아야 해요. 잠자면 고산 증세가 올 수 있어요."

아니 이 중요한 이야길 이제야 하는 거지. 고레파니에선 왜 안 알려 준거야. 고레파니에 도착했을 때 시간의 여유가 있어 숙소에서 잠시 눈을 붙인 후 푼힐로 향하다가 고산 증세로 인해 힘들었던 기억이 났다. 그때 잠시 눈을 붙인 후 일어난 것이 고산 증세로 이어진 건가? 고레파니에서는 나의 씩씩한 산행으로 인해 걱정하지 않았던 먼이 M.B.C에 와서 잠들지 말라는 주의를 주는 것은 M.B.C

가 고레파니보다 고도도 높고 히말라야를 오르내리면서 체력이 많이 소진되었을 거라고 생각했기 때문인 건가?

M.B.C의 밤

눈보라를 헤치고 오르는 것은 많은 에너지가 소비되는 산행이었다. 마차푸차레에 도착하자마자 식당에서 핫워터(테라모스)를 시켜 뽀글이 라면을 만들었다. 촘롱의 홀 세일 마트에서 산 라면을 정성스럽게 뜯어 뜨거운 물을 붓고 봉지를 잡고 기도하듯 잠시 기다렸다.

내 생에 가장 높은 고도에서 뽀글이 라면을 먹는 순간이다. 뽀글이가 완성되는 시간이 천 년처럼 느껴졌다. 배도 고프고 속도 더부룩한 것이 고레파니에서와 비슷한 고산 증세가 나타나는 것 같아 뽀글이의 따뜻한 국물이 더욱 생각났다. 하지만 맛있는 뽀글이를 나 혼자만 먹는 것은 우리네 정서와 맞지 않는 일. 먼에게 뽀글이를 나눠 줬더니 엄지손가락을 치켜세운다.

M.B.C 롯지 식당에는 다양한 국적의 사람들이 옹기종기 한군데 모여 있었다. 트레킹 첫 날 봤던 말레시아 사람, 미국인, 영국인 등 많은 사람들이 모여서 트레킹에 대한 이야기를 한다. 대화 내용은 A.B.C에 눈이 많이 와서 내일 오를 수 있을지, 만약 내일 오른다면 몇 시쯤일지에 대한 이야기였다. 대부분 A.B.C의 일출을 보려고 하는데, 그건 좀 위험할 것 같다는 내용이었다. 오늘 내린 눈으로 길이 보이지 않을 수 있기 때문에 자칫 눈 더미 속에 묻힐 위험

에 대한 걱정을 하고 있었다. 하지만 그들이 이구동성으로 제시하는 대안은 A.B.C에 물품을 운반하는 포터가 자고 내려온 후 길이 보이게 되면 그때 올라가자는 것이었다. 밤새 눈이 내려 길이 보이지 않는 상황에서도 안나푸르나에 물건을 배달하는 포터들의 경험과 그들이 만든 길은 트레커들의 환상적인 트레킹과 안전을 보장해주는 역할을 하고 있었다.

먼과 A.B.C에 오르기 위해 안전, 추위, 식사 등 다양한 변수들에 대해 이야기한 후 내일 아침 6시에 오르기로 계획했다. 6시 즈음이면 포터들도 내려오고, 날도 밝아와 희미하게 길도 보이기 때문에 안전할 거라고 했다. 그리고 꼭 필요한 짐 외의 것은 M.B.C에 두고 올라가기 때문에 준비하는 시간을 줄일 수 있어 일찍 출발해도 된다는 것이다. 다만 롯지 내 식당이 아침 6시에 문을 열지 않기 때문에 내일 아침을 미리 준비하기로 했다. 저녁을 먹은 후 식당에서 구릉(하니 소스를 포함)이라는 빵과 삶은 달걀을 미리 준비했다. 내일 아침 이른 출발에 추위 속에 밀려오는 배고픔을 이기기 위한 식사를 준비한 것이다.

M.B.C의 밤은 춥다. 아마 내일 아침도 저녁만큼, 아니 더 추울 것 같다. 그때 배고프기까지 한다면 정말 성격도 변하고 몸도 얼어버려 여행의 화룡점정을 망칠 수 있을 지도 모른다. 그런 최악의 사태를 대비하기 위한 철저한 준비였다.

M.B.C의 롯지는 지금까지 그 어느 롯지보다 실내 온도가 낮았다.

화장실의 물도 전부 얼어 있었다. 일단 급한 일은 내일로 미뤄둬야 했다. 항상 그래왔듯이 식당에서 주문한 핫 워터 테라모스의 물로 양치를 하고 고양이 세수를 했다. 도반부터 제대로 씻지 못해 몰골이 말이 아니었기 때문에 아주 짧고 의례적인 씻음의 의식을 가졌다.

숙소에서 쉬려고 앉았다가 M.B.C의 밤하늘을 봐야한다는 의무감 또는 충동으로 차가운 바람이 기다리고 있는 밖으로 나갔다. 밤마다 히말라야의 밤하늘을 만나러 나가는 것은 이제 충동이 아니라 꼭 해야만 하는 의식 같은 거였다. 촘롱에서 봤던 아름다운 밤하늘의 별이 보고 싶어 고개를 하늘로 향했다. 그런데 잔뜩 흐린 날씨 탓에 촘롱만큼 별이 보이지 않았다. 별을 보지 못하는 것에 대한 아쉬움이 남았다. 평소엔 하늘에 별이 있는 것조차 인지하지 못했는데 이제는 하루라도 그 별이 보이지 않으면 아쉬움이 앞선다.

밤하늘에 별이 많지 않음을 확인하고 방으로 돌아왔다. 방에 돌아와서 저녁 식사 후 주문한 구릉 빵에 꿀을 잔뜩 발라 창틀 위에 올려놓았다. 그리고 젖은 양말을 창틀 커튼 줄에 매달았다. 빵과 양말의 공존이 한 폭의 엽기적인 추상화 같은 느낌이다. 눈길을 걸어오며 땀으로 젖어 있는 양말들에게 실내의 차가운 공기를 이겨내고 내일은 뽀송뽀송 내 기분을 달래 줬으면 좋겠다는 기대를 해본다.

아직 잠들기에는 이른 시간이라 A.B.C로 가는 길을 확인하고 싶어져 다시 밖으로 나갔다. 내일 아침이면 걸어갈 길이지만 조금이라도 먼저 A.B.C로 가는 길을 만나고 싶었다. 어두워서 아무 것도

M.B.C 롯지에서 바라본 신비로운 마차푸차레

보이지 않는 길에 플래시를 비춰 Way to A.B.C라고 쓰여 있는 이정표를 보고 저 멀리 어둠으로 둘러싸인 정상 쪽으로 한번 눈길을 줬다. 눈이 많이 내린 추운 밤이기 때문에 조금 더 가면 위험할 거 같아 그 길로 향하는 것은 내일로 미루고 아쉬움을 뒤로 한 채 숙소로 발길을 돌렸다.

A.B.C는 이번 여행의 가장 중요한 목표 지점이고 큰 의미가 있는 곳이다. 만약 날씨로 인해 그곳에 갈 수 없다면 이 여행의 목적이 송두리째 날아가 버릴 것 같은 기분이 들었다. A.B.C에 가까워 오자 욕심은 안나푸르나의 높이만큼이나 커져 있었다.

Trekking
트레킹
7일차
Annapurna

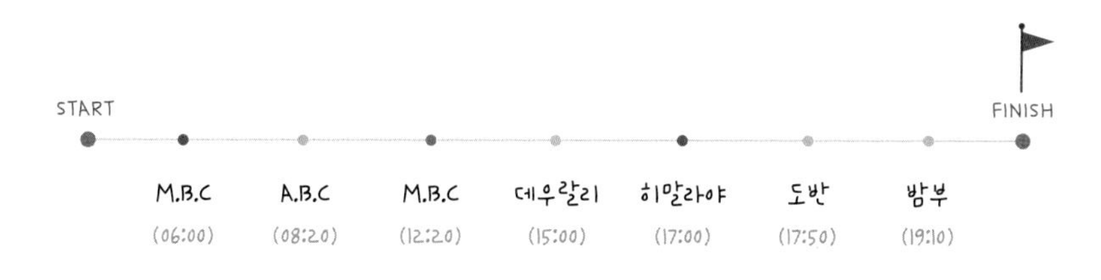
START
FINISH
M.B.C
(06:00)
A.B.C
(08:20)
M.B.C
(12:20)
데우랄리
(15:00)
히말라야
(17:00)
도반
(17:50)
밤부
(19:10)

안나푸르나 (8091m)
신구출리 (6501m)
마차푸차레 (6997m)
안나푸르나 사우스 (7219m)
A.B.C (4130m)
M.B.C (3700)
히운출리 (6441m)
데우랄리 (3230)
도반 (2600)
밤부 (2310)
(3193) 푼힐
(3180) 반단티
(2855) 추일레
시누와 (2360)
촘롱 (2170)
(2860) 고레파니
타다파니 (2630)
지누단다 (1780)
(2430) 난계탄티
간드룩 (1940)
(1960) 울레리
(1540) 티게둥가
김체 (1640)
(1430) 힐레
(1070) 나야풀

 # 감사합니다.

오늘은 이번 여행에서 가장 큰 기대를 가지고 있는 안나푸르나 베이스캠프로 향하는 날이다.

M.B.C부터 A.B.C까지는 약 2시간 정도 걸린다고 한다. 출발하기 전에 어제 저녁에 미리 준비해 놓은 구릉 빵과 커피로 에너지원을 충당했다. 밤새 꿀과 함께 숙성된 구릉빵은 에너지원이 되고도 남을 정도의 영양을 제공하고 히말라야에서만 맛볼 수 있는 맛도 선사했다. 먼에게는 삶은 달걀과 커피를 건넸다. 한국말로 연신

"감사합니다. 감사합니다."

라고 하는데 자꾸 들으니까 부담스럽다.

인도에서는 '감사합니다.'란 말을 하지 않는다고 한다. 감사란 단어에 부합하는 의미를 가진 단어조차 없다고 한다. 이유인 즉은 내가 어떤 사람에게 덕이나 선을 베푸는 것은 베푸는 사람이 그 일로 하여금 하늘에 덕과 선을 쌓는 행위가 되므로 나를 위한 것이지 베풂을 받는 사람들을 위한 것이 아니라고 생각하기 때문이라고 한다. 즉 도움이나 은혜를 베푸는 사람이 그 혜택을 받는 사람들에게 감사하다고 인사 받을 일이 없다는 것이다.

네팔리(네팔 사람)들은 한국어로 '감사합니다.'를 자주 말했다. 먼의 입에서 나오는 '감사합니다.'란 말이 부담스럽게 들렸다. 물론 인도와 달리 네팔에서는 '감사합니다.'란 뜻으로 '던 야밧'이란 단어가 있다고 한다. 그렇지만 인도의 인사말 '나마스테'를 쓰고 있고 네

팔리(네팔 사람)들은 인도와 같은 아리안 족이 주를 이루고 있어 왠지 모르게 인도의 문화와 그들의 문화가 비슷할 거란 생각이 들었다.

눈길을 따라

배를 채우고 안나푸르나의 추위를 견뎌내려고 준비한 동계 장비를 전부 착용하고 밖으로 나섰다. A.B.C로 향하려고 방향을 잡자 트레킹 내내 겪어 보지 못한 추위가 날 반겼다. 나에게 안나푸르나의 추위는 극복해야할 대상이 아니라 즐겨야할 대상이었다. 오랜 시간 동안 바로 이 순간을 위해 계획하고 준비했기 때문이다.

사방을 둘러 봐도 눈밖에 보이지 않는다. 새하얀 만년설 위에 발을 내딛는다. 뽀지직 뽀지직 소리와 함께 한 걸음 한 걸음 앞으로 나갔다. 안나푸르나의 정상에 도전하는 원정대가 한 걸음 디딜 때마다 눈보라가 몰아치듯이 얼굴에 부딪히지 않는 것이 조금 섭섭하다. 하지만 눈보라는 아니더라도 바람만큼은 원정대 느낌이 나도록 불어 주고 있었다.

먼에게 9월이나 10월에도 이렇게 베이스캠프 가는 길에 눈이 많은지 물어봤다. 그 시기엔 이렇게 눈이 많지 않고, 듬성듬성 풀이 있다고 한다. 그 말을 듣자 푹푹 빠질 정도의 눈이 쌓인 것이 얼마나 감사한지 모르겠다. 왜냐하면 눈이 만들어낸 아름다움이 풀이 만들어낸 그것보다 훨씬 아름다울 거라고 생각하기 때문이다.

한 사람이 겨우 지나갈 수 있는 작은 오솔길 같은 눈길을 따라 안나푸르나 베이스캠프로 향했다. 오솔길 같은 눈길에서 조금이라도 벗어나면 무릎까지 빠진다고 한다. 과연 무릎까지 빠질까 싶어 스틱으로 찔러봤다. 의심은 곧 걱정으로 바뀌었다. 정말 스틱이 푹하고 족히 1m 정도 까지 들어가 박힌다. 아마 스틱보다 한참 더 무거운 내 몸이 그곳을 디뎠다면 더 깊이 들어갔을 것이다. 해발 4,130m의 A.B.C를 향하면서 내내 걱정한 고산 증세는 없었지만 아직 해가 뜨지 않아 추위를 머금고 있는 바람은 제대로 겪어보지 못한 고산 증세보다 더 큰 장애물이었다. 아마도 고산 증세가 없었던 것은 3,000m 이상의 푼힐 전망대를 거쳐서 2,000m 이상의 마을을 오르고 내려오기를 반복하며 적응했기 때문일 것이다.

하늘을 향해 솟아있는 것들을 전부 얼어붙어 버리게 한 만년설의 설산들이 아직 뜨지도 않은 해의 기운을 받아들일 준비를 하고 있었다. 햇살을 맞이하는 만년설의 준비 덕에 내가 가는 길은 푸른색과 검은 색 사이의 여명으로 인해 훤히 보였다.

갑자기 심장이 주체할 수 없을 정도로 콩닥콩닥 거리고 있었다. 고산병인가? 아니다. 안나푸르나 봉우리들을 바라볼 때마다 더 세차게 심장이 콩닥콩닥했다. 지금 내가 있는 곳이 히말라야 안나푸르나이기 때문이었다.

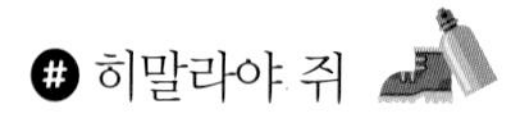

서서히 날이 밝아 오며 안나푸르나의 높은 봉우리들과 마차푸차

레가 서서히 모습을 드러냈다. 날이 밝아 오며 안나푸르나는 자신의 모습을 그대로 응시하는 것을 허락하지 않았다. 선글라스를 통해서만 똑바로 쳐다볼 수 있도록 강렬한 빛을 뿜어냈다. 잠시 걷다가 선글라스 없이 똑바로 응시하지 못하게 하는 안나푸르나에 도전하기 위해서 선글라스를 벗었더니 안나푸르나의 엄중한 꾸짖음이 눈 속을 파고들어 눈을 뜰 수 없도록 한다.

풍요의 여신 안나푸르나가

"무엄하도다."

라고 외치는 소리가 들리는 것 같다.

안나푸르나 앞에서 선글라스라는 도구를 이용할 수밖에 없는 인간의 나약한 모습을 봤다.

해가 뜨면서 새벽과 이른 아침에 느꼈던 추위가 갑자기 사라졌다. 등산복 바지에 땀이 맺혔다. 바람이 멎자 히말라야의 햇살이 온전히 느껴졌다. 이젠 그 어떤 바람도 햇살의 영역을 넘보지 못할 것 같아 보인다.

하얀 눈밭에 갑자기 시선을 끄는 움직임이 있다.

"쥐다!"

4,000m 고산의 새하얀 눈밭에 쥐가 뛰어 놀고 있었다. 지구가 생긴 이래 움직이지 않고 한 자리에 지키고 있었을 법한 바위틈으로 사라진다. 아무 것도 살아있을 거 같지 않고 정지된 채 있는 것 같은 고산에 생명체가 있었다. '쥐는 지구상에서 가장 강한 생명체'

라고 했던가! 쥐의 강인한 생명력을 직접 봤다. 히말라야 고산에서 만난 쥐와의 만남이 그리 나쁘지 않은 이유는 뭘까? 보통 집 근처에서 쥐를 만나면 매우 불쾌한데 하얀 히말라야 설산에서 만난 쥐는 놀라움을 넘어 반갑기까지 했다.

아마 생명이 존재하지 않을 것 같은 곳에서 만난 생명체에 대한 또 다른 생명체로서의 동질감 같은 감정이랄까?

안나푸르나 베이스캠프 관문

쥐와의 만남도 또 다른 만남을 위한 통과의례일 뿐이었다. 한 시간여를 더 걷자 안나푸르나 베이스캠프를 알리는 안내판이 있는 곳에 다다랐다. 이젠 안내판 저 너머에 A.B.C가 보인다. 드디어

어메이징 안나푸르나 관문

내가 해냈다. 뭘 해냈냐면 안나푸르나 베이스캠프에 도착한 것이다. 사진과 영상에서만 봤던 그곳에 내가 서 있는 것이다. 김춘수의 '꽃'이란 시에서처럼 안나푸르나가 어둠 속에 있지 않고 나에게로 와서 의미 있는 존재가 된 것이다.

이번 트레킹의 화룡점정, 그곳에 서고 싶은 꿈을 꿨던 곳, 바로 그곳이 손에 닿을 듯이 가까이 있다. 지금까지 트레킹 내내 그래 왔듯이 가고자 하는 장소가 아주 가까운 곳에 있는 듯 보여서 발걸음을 내딛으면 한참을 걸어야 눈에 보이는 그곳에 이를 수 있었다.

먼은 일 년 중에 가장 멋진 풍경일 때 A.B.C에 왔다고 한다. 다른 계절에 와 보지 못한 나로서는 지금 이 풍경이 가장 아름답다는 먼의 말에 동의해야 했다. 하지만 논리적이고 이성적인 판단 없이도 지금 이 순간이 가장 아름다운 순간일 거라고 직감할 수 있었다.

박영석 대장님

A.B.C에는 어제 내린 눈으로 롯지 건물이 절반가량 눈으로 덮여 있었다. 인터넷 사진에서 봤을 때는 롯지 주변에 다양한 구조물과 안나푸르나를 등반하다 돌아가신 박영석 대장님 추모비 등이 있었는데 쌓인 눈으로 인해 전혀 보이지 않는다.

추모비 대신에 A.B.C롯지 벽면에 있는 현판만이 눈과 추위에 얼지 않은 채 안나푸르나에 비치는 따스한 햇살을 마주보고 있다. 세계에서 가장 높은 산 14좌를 등반하고 안나푸르나에 잠든 그가 따스한 햇살 속에 웃고 있는 것 같다. 그를 추모하는 현판에

'단 1%의 가능성만 있어도 포기하지 않는다.'라고 쓰여 있다.

포기하지 않는 그의 삶에 대한 의지가 지금 이곳에 서 있는 나에게 또 다른 도전을 할 수 있도록 격려하고 있는 것 같다. 잠시 그곳에 머물러 그가 이 세상에 세운 위업을 생각하며 추모하는 시간을 가졌다.

한참 동안 A.B.C에서 박영석 대장님의 영혼이 있을 안나푸르나

박영석 대장님을 추모하는 현판

를 둘러 봤다. 안나푸르나의 산군(안나푸르나 봉우리들, 신구출리, 히운출리, 마차푸차레)의 여러 봉우리들과 하나하나 눈 맞추며 항상 다른 모습으로 자신을 드러내는 그것들의 이름을 하나하나 불러봤다. 가장 사랑스러운 눈빛과 다정한 마음의 목소리로 그들의 이름을 불렀다.

그곳에서

새벽에 약간의 끼니를 때우고 출발했지만 일찍부터 서둘렀던 터라 배가 아픈 건지, 고픈 건지 모를 묘한 상태에 이르렀다. 내가 가본 곳 중에 가장 높은 곳에 위치한 A.B.C 식당에서 역사적인 브런치 시간을 가졌다. 식당 안은 휑하니 썰렁하다. 어젯밤 M.B.C 롯지 식당에는 많은 외국인들이 북적대며 그들의 열정으로 꽉 차있었는데 오늘 A.B.C 롯지에는 내 숨결만이 가득하다. 어제 만났던 여러 나라 트레커들은 아침 일찍 A.B.C로 나서지 않고 날이 밝은 후 나서나보다. 식당을 둘러보니 여러 나라의 국기가 식당 안에 인테리어를 담당하고 있었다. 산악회를 알리는 다양한 나라의 스티커들이 붙어있다. 물론 우리나라 산악회의 스티커들도 그들과의 경쟁에 뒤지지 않고 떡하니 붙어 있었다. 식당 안에 침대 매트리스가 깔려 있다. A.B.C에 고립되었을 때나, 성수기에 숙박할 수 있는 공간이 없을 때 잘 수 있도록 만들어 놓은 것이라고 한다.

식사 후 바깥으로 나갔다. 밖은 너무 조용해서 세상이 그대로 멈춰 버린 느낌이다. A.B.C에서 바라본 안나푸르나 1봉과 사우스,

안나푸르나 베이스캠프 식당에서 바라본 마차푸차레

마차푸차레, 신구출리가 들릴 듯 말 듯 호흡을 가다듬고 있었다. 산등성이에서 간간히 바람이 몰고 내려오는 눈발이 적막을 더한다. 제 자리에서 서서 360도로 회전하면서 안나푸르나에 둘러싸여 있음을 다시 한 번 확인했다. 트레킹 내내 북쪽에 보이던 안나푸르나 사우스가 남쪽에 있었고, 북동쪽에 있던 마차푸차레를 온전히 동쪽 방향에 두고 볼 수 있었다. 그 봉우리 가운데 폭 들어가 있는 나를 감싸고 있는 산들의 포근함과 웅장한 기운을 느낄 수 있었다.

바로 옆에서 영어 감탄사가 들린다. 같이 사진을 찍느라 정신없는 세 사람이 보인다. 붙임성 좋게 말을 걸었더니 세 명은 서로 친구고 캐나다에서 왔다고 한다. 얼마나 신나게 웃어 대던지 얼굴에 웃음이 가득해 젊은 친구들인데도 주름이 자글자글 했다. 코리아에서 왔다고 하니까 저마다 코리아에 대해서 한 마디씩 늘어놓았다. 코리아라고 하면 한마디씩 자신이 아는 코리아의 이야기를 늘어놓을 정도의 나라에 산다는 것이 히말라야의 고산에서 더욱 기분을 좋게 했다.

하늘에서 내려와 히말라야의 눈과 만나고 다시 내 눈에 들어오는 햇살은 하늘에서 내려오는 그것보다 더 강렬했다. 아마도 풍요의 여신 안나푸르나가 그녀를 똑바로 바라보는 것을 쉽게 허락하지 않는 위엄 같은 것인 가보다.

세상의 모든 소리를 빨아들여버린 것 같은 안나푸르나에 멈춰 서서 설레는 마음으로 시간을 보낸 후 그곳을 떠나려고 하니까 쉽게 발걸음이 떨어지지 않는다. 조금 더, 조금 더 하는 마음이 화수분처럼 생겨났다. 5분만 더 있어야지, 5분만 더 있어야지란 마음을 연장해서 이곳에서 영원히 머물고 싶었다.

안나푸르나 트레킹을 계획하고 있는 사람들이라면 반드시 안나푸르나 베이스캠프에서 하루를 머무르라고 말해주고 싶다. 이곳에 머물면서 조금 더 안나푸르나와 오랜 시간 만나는 것을 권해주고 싶다. 물론 내가 마음먹는다고 해서 A.B.C에서 묵을 수 있는 것은 아니다. 날씨도 허락해야 하고, 고산병도 이길 수 있어야 하고, 체력도 뒷받침해야 하고 여러 가지 여건이 맞아야만 한다.

A.B.C에서 바라본 마차푸차레

한 걸음 한 걸음 이별 

A.B.C의 감동을 온 몸에 가득 머금고 아쉬운 마음을 그곳에 남겨둔 채 M.B.C로 방향을 틀었다. 강렬한 안나푸르나의 햇살은 하산하는 내내 온 몸을 따뜻하게 유지하도록 배웅해 주었다. 선글라스를 벗어 햇살의 환대에 보답하려고 했는데

"으악"

눈이 타들어갈 정도의 강렬한 빛이었다. 올라 올 때보다 훨씬 강렬한 빛 때문에 나도 모르게 선글라스를 벗었던 손을 추스르지도 못한 채 다시 원 위치로 보냈다.

안나푸르나의 준엄한 꾸짖음을 받고 다시 발걸음을 옮겼다. 비스타리, 비스타리(천천히) A.B.C와 이별을 했다. 내려오는 길에도 멀어지는 A.B.C가 아쉬워 계속 뒤로 돌아 흘깃흘깃 바라보며 A.B.C

와 이별을 아쉬워했다.

안나푸르나에 와서 가장 큰 버릇이 하나 생겼다면 그건 내가 걸어 온 길을 흘깃흘깃 다시 쳐다보는 것이다. 걸어 온 길을 다시 돌아보면 그 길에 남아 있는 아름다움의 흔적이 보이기 때문이다. 다시 돌아보는 행위 자체가 이렇게 좋을 수 있다는 것을 이곳에 와서 매일매일 느낀다.

올라갈 때보다 훨씬 적은 시간이 걸려 M.B.C로 돌아 왔다. 이제야 많은 사람들이 A.B.C에 오르려고 준비하고 있었다. 어제 데우랄리 식당에서 눈보라 때문에 올라가기를 미뤘던 사람들이 M.B.C에 도착해 있었다. 가볍게 인사를 했다. 그들은 A.B.C에 대해 물었다. 그들의 물음에서 2시간 후면 볼 수 있는 그곳을 갈망하는 마음을 느낄 수 있었다. 그들보다 2시간 먼저 A.B.C에 갔다 온 나는

안나푸르나 베이스캠프(A.B.C)의 설경

내려오는 길에 바라본 M.B.C 롯지의 풍경

어제 눈보라가 치는 가운데 M.B.C에 온 것과 오늘 아침 그들보다 반나절 먼저 A.B.C에 갔다 온 것에 우쭐했다. 주체할 수 없는 자만심이 발동했다. 아마 시누와에서 만난 청년들과 같은 느낌일 거라는 생각이 들었다.

M.B.C에 내려와서 먼은 새벽에 A.B.C에 갔다 온 것은 '굿 초이스'라고 아주 뿌듯해 했다. 계속해서 '날씨 굿', '스케줄 굿'이라고 외치면서 나의 결정과 자신의 결정으로 인해 안나푸르나의 아름다운 풍경을 볼 수 있었다고 말한다.

참고로 M.B.C 롯지 내에서는 아이젠을 하고 있으면 안 된다. 나는 A.B.C부터 계속해서 끼고 있었던 아이젠을 벗지 않고, 그대로

맑은 모습의 M.B.C 롯지

M.B.C에서 돌아다니다가 사람들이 아이젠을 벗으라고 난리를 치는 통에 조금 당황했었다. M.B.C 롯지 내에서는 이동 통로에 깔린 돌들을 보호하기 위해 반드시 아이젠을 벗어야 한다.

M.B.C의 숙소를 정리하고 짐을 챙겨서 크리스마스트리에 눈을 뿌려 놓은 듯이 듬성듬성 눈을 머금고 있는 히말라야의 설산들을 정면으로 바라보며, 너무 반짝여서 밟기가 미안한 눈을 밟으며, 안나푸르나와 마차푸차레를 등지며, 고개를 돌려 뒤를 돌아보며 한 걸음 한 걸음 이별을 시작했다.

가벼울 수 없는 길

올라갈 때 눈보라로 인해 보지 못했던 풍경이 눈에 들어왔다. 하얀 설산의 절벽에 회색과 흰색이 어우러져 산과 눈과 하늘의 경계가 모호해 추상화에나 나올법한 풍광이 눈앞에 펼쳐졌다.

고산 지역이라 나무 하나 없는 하얀 설원을 아이젠의 도움으로 천천히 내려가면서 산과 바위와 눈과 죽어있는 듯이 보이는 키 작은 풀들이 만들어 내는 생명의 소리와 모습에 서서히 매료되고 있었다. 설산의 매력에 빠져서 걷다 보니 순식간에 공간이동의 기술을 익힌 듯이 풍경들이 휙휙 지나간다.

갑자기 돌을 쌓아 만든 탑 앞에서 먼이 잠시 멈춰 섰다. 이곳은 몇 년 전 몬순 시즌에 한국인 여자가 발을 헛디뎌 계곡 아래로 추락한 곳이며 돌탑은 그녀를 추모하기 위해 쌓은 것이라고 한다. 몬순 시즌에는 현재 눈과 돌 밖에서 없는 이 계곡이 물로 가득 차 매우 위험하다고 한다. 히말라야의 영혼이 된 여인의 이야기를 듣자 마음이 숙연해 지고 안나푸르나의 위엄을 가벼이 봐서는 안 되겠다는 생각이 들었다. 뿐만 아니라 내가 아무 일 없이 트레킹을 마쳤다고 해서 다른 사람들에게 안나푸르나를 다녀 간 것이 동네 뒷산을 오르는 것처럼 쉽다는 식의 무용담으로 전해져서는 안 될 것이란 생각이 들었다.

하얀 설산의 아름다움이 끝날 때 즈음 어제 M.B.C로의 도전을 갈등했던 의미 깊은 장소 데우랄리에 도착했다. 어제와 달리 데우랄리의 하늘이 평안해 보였다. 어제는 강한 눈보라로 주변의 풍경이 전혀 보이지 않았는데 오늘은 주변 풍경이 선명하게 보인다.

하지만 잠시 후 M.B.C 방향에서 짙은 구름이 내려오는 모습이 보인다. 아마도 오후 늦은 시간이 되면 고산 지역인 이곳의 날씨가 급격히 변하는 것 같다.

데우랄리에서 A.B.C로 도전하려는 사람들에게 하산하는 나는 동경의 대상이었다. 어제와는 정 반대의 입장에서 A.B.C의 아름다움에 대해 그곳으로 향하는 사람들에게 전해 주었다. 어젠 그곳에서 내려오는 사람들에게 A.B.C의 공포와 아름다움에 대해서 들었는데 오늘은 올라가는 사람들에게 그곳의 아름다움만 말해 주었다. 아름다움에 대한 묘사를 구체적으로 하지 않고, 그냥 너무 아름다운 곳이라고만 말했다. 나의 묘사가 그들에게 편견을 줄 수 있을 거 같기도 하고, 나의 과장된 묘사로 큰 기대를 가지고 고산 증세에도 불구하고 무리한 산행을 할까 염려되었기 때문이다.

데우랄리에서 늦은 점심을 먹고, 또 다시 하산 길에 나섰다.

M.B.C에서 내려오는 길에 히말라야가 만들어낸 믿기 어려운 풍광

히말라야 롯지는

히말라야 롯지는 비수기 중에 비수기를 맞고 있는 것 같았다. 눈을 밟고 지나간 몇 개의 발자국 외에는 인기척을 느낄 수 없었다. 먼이 이곳은 지리적인 문제 때문에 비수기에 사람들이 많이 머물지 않는다고 했다. 나야풀이나 란드룩, 간드룩에서 트레킹을 시작하는 사람들이 A.B.C로 향하면서 이곳에 머무는 일정을 잡기에는 애매모호한 곳에 위치하고 있었다. 조금 못 미친 도반이나 조금 더 지난 데우랄리에서 쉬는 일정이 A.B.C로 향하기에 적당한 일정이기에 이곳 히말라야 롯지가 트레커들에게 관심을 받지 못하는 것 같아 보였다.

먼과 히말라야 롯지가 가진 문제점에 대해 이야기하며 롯지의 야외 의자에 앉아서 잠시 휴식을 취했다. 먼이 히말라야 롯지에 대해 이야기하는 것은 손님이 없는 히말라야 롯지 주인에 대한 그의 배려 심으로 인해 내가 이곳에서 머물렀으면 하는 바람이 있었는지도 모르겠다. 하지만 히말라야 롯지에서 쉬기에는 아직 해가 너무 많이 남아 있었다.

잠시 그의 의중을 읽고 있는 사이 롯지 주인과 눈이 마주쳤다. 너무나 미안한 마음에 내가 이곳에서 숙박하지 않을 거라는 암시를 전달하는 눈인사를 나누는데 왜 이렇게 마음이 무거운지. 히말라야라는 좋은 이름을 지닌 이 롯지에 머물지 않는 것에 대한 미안한 마음이었다. 롯지 주인은 나와 눈을 마주친 이후 아무 말 없이 아무 일도 없었다는 듯이 롯지 주변을 서성거렸다. 히말라야 롯지 주인에게 서운한 마음만 남겨 둔 채 도반으로 향했다.

초승달의 배웅

얼마간 내려오자 어둑어둑해지고 풍요의 여신 안나푸르나의 눈썹 같은 초승달이 설산 위에 자리를 차지하고 있었다. 아직은 어둠이 완전히 드리우지 않은 상태에서 그저께 머물렀던 도반에 도착했다. 리치 피플인 주인이 가이드와 포터들에게 냄새 나는 이불을 주고, 트레커를 위해 롯지 주인에게 요구사항을 제대로 말할 수 없다는 이유로 먼은 이곳 도반을 싫어했다. 이러한 이유와 더불어 결정적으로 그저께 이미 숙박해 봤던 롯지이기 때문에 다음 장소인 밤부까지 가자고 했다.

어둑어둑해진 상황 때문에 먼은 나의 안전이 걱정되었는지 자신은 이곳에 머물러도 된다고 하며 계속 걷는 것이 괜찮겠냐고 물었다. 같은 곳에서 두 번 머물고 싶지 않았던 나의 마음이 서둘러 먼의 친구가 주인인 밤부로 향하게 했다. 먼은 날이 어두워지기 때문에 조금 두렵지만 밤부에는 자신이 좋아하는 친구도 있고, 따뜻한 불을 쬐며 캠프파이어도 할 수 있다고 하면서 나의 결정에 긍정의 힘을 불어 넣었다. 후에 이것이 희망고문이었다는 생각이 들긴 했지만.

날이 어두워져서 밤부까지 가는 길은 지금까지와는 전혀 다른 경험이 되었다. 일출이나 일몰을 보기 위해 준비한 플래시가 그 진가를 발휘하는 시간이었다. 캄캄한 히말라야의 길 위에 플래시 불빛만이 나보다 앞서 걷고 있었다.

대나무가 우거진 숲 중간에서 먼이 멈춰 섰다. 잠시 조용히 숲 쪽을 응시했다. 나도 그곳을 응시했다. 뭔가 새와 비슷한 실루엣이 지나간다. 먼이 '정글 치킨'이라고 한다. 그 실루엣의 움직임이 '정글 치킨'이었던 것이다. 실루엣만 보이고 소리 없이 사라졌다. 실루엣만으로 '정글 치킨'의 존재를 느끼기에는 충분하지 않았지만 실루엣으로나마 정글 치킨의 존재를 확인한 것에 만족하고 다시 길을 걸었다. 잠시 걷자 갑자기

"후드득, 후드득"

소리가 정글의 정적을 산산 조각 냈다. 흠칫 놀랐지만 소리로 '정글 치킨'이 이곳에 있음을 알 수 있었다. 어두운 길에서 '정글 치킨'의 소리와 실루엣으로 '정글 치킨'과 조우할 수 있는 시간이었다. 히말라야의 품속에서 자유롭게 날아다니는 '정글 치킨'과의 만남으로 어둠이 깊어진 줄도 모른 채 걷고 있었다.

무모한 용기

저녁 7시 20분 즈음이 다 되어서야 밤부에 도착했다. 저녁 7시 20분이지만 히말라야의 밤은 칠흑 같았다. 어둠 속에 도착한 우리를 본 '밤부 게스트 하우스'의 주인은 깜짝 놀란 표정이다. 먼과 내가

이곳 밤부에 묵으려고 어둠 속을 걸어 온 것을 알자 매우 높은 수준의 환대를 하려고 부산하게 이리 저리 움직였다. 빈 방을 전부 보여주며 어떤 방이 마음에 드는지 여러 번 물었다.

방들의 상태가 그리 좋아 보이지 않았다. 대부분의 문은 고장 난 상태였고, 방 안에 침구 상태도 그리 좋아 보이지 않았다. 물론 지금까지 묵은 대부분 롯지들의 침구 상태가 이곳보다 훨씬 좋았던 것은 아니다. 침구에서는 쾌쾌한 냄새가 났고 오랫동안 빨지 않아 눅눅했다. 어차피 이불을 덮고 자지는 않았다. 침낭 속으로 들어가서 이불을 그 위에 덧씌우는 방식으로 히말라야의 밤을 보냈기 때문에 롯지에서 제공되는 침구 자체가 중요하지는 않았다. 밤부 숙소의 주인이 제시한 방들을 꼼꼼히 살펴보고 그나마 제일 나은 방에 짐을 풀었다.

전체적인 평가에서 밤부의 숙소는 도반의 숙소보다 좋지는 않았다. 도반의 형제들이 가이드를 홀대 하는지는 몰라도 롯지와 식당 자체는 매우 깨끗하게 잘 정돈되어 있었다. 밤부에 도착해서 도반의 롯지를 생각하며 어둠을 뚫고 달려온 길을 조금 아쉬워했다.

도반과 밤부의 롯지에 대한 스스로의 총평을 끝낸 후 지난 이틀 동안 하지 못한 핫 샤워를 하기 위해 샤워장으로 갔다.

'이런! 샤워장의 천장이 뚫려 있었다.'

뚫린 곳으로 바람이 금세라도 온 몸을 얼려버릴 거 같은 소리를 내며 들어왔다가 반대편으로 나간다. 아주 낡은 순간온수기가 벽면에 달려 있고, 여러 개의 구멍에서 물을 뿌리는 샤워기가 아닌 조그맣고 얇은 호수 하나만이 연결돼 있었다. 이들이 가스 샤워라고 부르는 순간온수기는 작동이 될까 싶을 정도로 낡았다. 일단 열악한 환경이지만 며칠 온전한 샤워를 하지 못한 터라 샤워하기로 마음먹었다. 마음먹은 후 생각한 거지만 방금 내가 한 결정은 샤워가 아니라 '무모한 용기'였다. 결국 무모한 용기는 큰 사단을 만들고야 말았다.

옷을 다 벗고 순간온수기를 틀고 샤워를 시작하는 도중에 순간온수기의 전원이 나가고 전원을 공급받지 못한 히말라야의 차디찬 물이 내 몸에 사정없이 뿌려졌다. 온 몸이 물에 젖어 있는 상태에서 뚫린 천장으로는 차가운 바람이 들어와 날 더 고통스럽게 했다. 추워서 거의 정신이 나갈 무렵 문을 열고

"헤이 먼, 헬프 미"

라고 먼을 애타게 불렀다.

잠시 후 먼이 아닌 롯지 주인이 나타나 나의 모습을 보더니 놀라서 샤워 실로 들어 왔다. 한 사람이 간신히 있을 수 있는 샤워 실에서 벌거벗은 날 옆에 둔 채 순간온수기를 몇 번 만지니까 작동되기 시작했다. 거의 얼어 죽기 일보 직전의 순간에서 벗어났다. 얇은 호수에서 쫄쫄 나오는 물로 몸을 대충 씻고서 오들오들 떨면서 숙소로 돌아왔다.

잠시 후 먼이 불을 피워 놨으니 어서 와서 몸을 말리라고 한다. 먼이 말한 곳은 2층으로 된 건물에 다락같은 곳이었다. 불을 뗄 수

있도록 벽 쪽에 좁은 공간을 만들어 놓았다. 설상가상! 젖은 나무로 불을 피워서 그런지 연기로 가득했다. 먼과 그의 친구들은 자욱한 연기에도 아랑곳하지 않고 따뜻한 불을 쬐고 있었다.

아주 조그마한 불에 감사하며 매캐한 연기가 가득한 곳에서 머리를 말리고, 얼어붙은 몸을 녹였다. 나무를 태우는 연기와 냄새 때문에 얼마 후 향긋한 장작 냄새가 가득 배어 있는 훈제가 되어 있었다.

얼마 후 모닥불이 있는 곳으로 밤부 롯지의 젊은 사장이 올라와 함께 이야길 했다. 그는 싱가포르, 상하이, 인도 등 자신이 가본 곳에 대한 자랑을 늘어뜨려 놓으며 서울에 가보고 싶다고 이야기했다. 상하이에서 사온 휴대폰과 그곳에서 찍은 자신의 사진을 보여주며, 자신이 네팔에서는 제법 배운 지식인이고, 여러 나라를 여행하며 견문을 쌓은 사람이라고 자랑을 하고 싶었던 것 같았다. 머리와 몸이 마르는 동안 그의 재미있는 화법 덕에 마음껏 웃으면서 재미있는 시간을 보냈다.

우여곡절 끝에 도착한 밤부의 밤은 깊어 갔다. 이제 서서히 저 히말라야의 설산과 차근차근 이별하는 시간이 깊어가고 있었다. 밤부의 밤하늘을 살피는 일은 쉬기로 했다. 계곡에 위치하고 있었고, 롯지 앞에는 큰 절벽 같은 산이 가로 막고 있어 넓은 시야를 확보하지 못해 밤하늘을 볼 수 없을 거 같아서였다. 얇은 실처럼 눈을 뜨고 걷는 걸음마다 따라오며 격려했던 초승달을 생각하며 포근한 침낭 속으로 누에고치처럼 빨려 들어갔다.

Trekking
트레킹
8일차
Annapurna

START
FINISH
밤부
(09:00)
아래
시누와
(12:00)
촘롱
(14:00)
지누단다
(16:30)

안나푸르나 (8091m)
신구출리 (6501m)
마차푸차레 (6997m)
안나푸르나 사우스 (7219m)
A.B.C (4130m)
M.B.C (3700)
히운출리 (6441m)
데우랄리 (3230)
도반 (2600)
밤부 (2310)
(3193)
푼힐
(3180)
반단티
(2855)
추일레
시누와 (2360)
촘롱 (2170)
(2860) 고레파니
타다파니
(2630)
지누단다 (1780)
(2430) 난계탄티
간드룩 (1940)
(1960) 울레리
(1540) 티게둥가
김체 (1640)
(1430) 힐레
(1070) 나야풀

아는 길 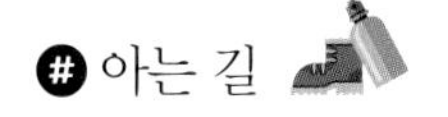

오늘은 밤부를 출발해 시누와-촘롱-지누단다까지 가는 일정이다. 지누단다에는 핫 스프링(온천)이 있다. 오랜 여정으로 인해 지친 몸이라 얼른 핫 스프링을 하고 싶은 마음이 앞섰다. 몸은 며칠 째 제대로 씻지 못해 냄새가 진동했다. 코의 역치로 인해 냄새가 느껴지지 않았지만 다른 사람들은 이 묘한 냄새를 충분히 맡을 수 있을 거 같았다. 이곳에서 만나는 사람들은 전부 비슷한 처지라 똥 묻은 개가 겨 묻은 개 나무랄 수 없는 처지였다.

일찍 일어나 밤부의 아침 시간을 느끼기 위해 알람을 이른 시간에 맞춰 놨었다. 하지만 밤부의 아침을 깨운 건 알람 소리가 아니라 건너편 롯지의 한국인들 목소리였다. 아침 일찍 일어나 밤부에서 A.B.C로 향하는 일정에 대해 왁자지껄 이야기하는 소리와 하산하면서 그들에게 팁을 알려 주는 소리가 날 깨웠다. 머나먼 이국의 깊은 산중에서 새벽을 깨우는 소리는 새소리도 알람도 아닌 한국인의 목소리였다.

밤부의 아침은 겨울날씨라 경량 패딩에 바람막이를 입고 길을 나섰지만 해가 뜨자 이내 뜨거운 햇살이 경량 패딩을 벗겨버렸다. 하루 동안 사계절을 체험할 수 있는 히말라야의 날씨가 이제 일상이 되어 버렸다.

시누와와 촘롱은 며칠 전에 올라왔던 길이라 다 외우진 못했지만 어느 정도 그 길에 대해 알고 있다는 마음이 들어 이전의 기대감과는 다른 느낌이었다. 한 번밖에 그 길을 걷지 않았는데 걸어온 길에 대해 아는 척하는 나를 보고 참 교만하고 간사하단 마음이 든다. 일생에 단 한 번 며칠 전에 걸어 온 길에 대해 '안다'는 감정으로 대할 수 있으니 말이다.

마차푸차레 라스트

A.B.C로 향했던 열정의 폭풍이 지나 간 후라 잔뜩 긴장했던 마음도 풀리고, 내리막길을 바라보는 여유로 인해 아침 공기도 한결 가볍게 느껴졌다.

밤부에서 시누와로 가는 길은 그리 힘들지 않은 계단을 반복해서 오르내리면 된다. 역시 이 길을 걸으면서도 뒤를 돌아다보는 것은 정말 멋진 일이었다. 아직도 뒤를 돌아보는 행위가 의미 있는 유효기간은 많이 남아 있는 듯했다. 올라올 땐 몰랐는데 뒤돌아 본 마차푸차레의 하얀 정상이 마차푸차레에 미치지 못하는 진초록의 산들과 대비되어 더욱 하얗게 보였다. 올라갈 때는 날이 흐려서 그들이 만들어내는 원근과 색채의 조화를 볼 수 없었다. 날씨의 차이도 있지만 시간적인 차이도 있었다. 올라갈 때는 시누와에서 밤부 구간이 오후였지만 내려 올 땐 오전이었다. 높이 올라갈수록 오전에는 맑지만 오후가 되면 날이 흐리게 변하는 것 같았다. 물론 이건 며칠을 경험한 주관적인 것이지만.

내려오는 길에 먼은 '마차푸차레 라스트'라는 말을 연거푸 하며 마차푸차레를 바라봐 줄 것을 요구했다. 그의 '마차푸차레 라스트'란 말이 이해가지 않았다. 마차푸차레는 포카라에서도 보인다. 그런데 '라스트'라니. 내가 이해하든 말든 먼은 계속해서

"마차푸차레 라스트"

라고 외쳤다. 아마도 먼에게 마차푸차레가 아름답게 보이는 거리나 장소의 기준점이 있는 것 같아 보였다. 그래서 마차푸차레 라스트를 외치며 그들의 신령스러운 산(이제는 내게도 신령스러운 산이 되었지만) 마차푸차레에게 반갑게 인사할 것을 권유하고 있었다.

밤부에서 시누와 방향으로 1시간 정도 걸은 후에 포터들이 쉬는 쉼터에서 신령스러운 마차푸차레를 뒤돌아보는 성스러운 의식의 시간을 가졌다. 그림자가 드리운 서쪽 산의 진초록과 반대편 산의 밝

미술관장 마차푸차레가 만들어낸 수채화

음 사이에 푸른 하늘과 하얀 구름 위에 물고기 꼬리 모양을 하고 있는 마차푸차레가 보였다. 미술관 관장 마차푸차레가 연출하는 한시적인 기획 전시회였다. 이 한시적 전시회는 잠시라도 같은 모습을 보여주지 않는 유일무이한 전시회였다.

감상 포인트

흙길을 지나 햇빛을 받아 반짝거리는 진회색 빛의 예쁜 계단을 차근차근 올랐다. 차곡차곡 쌓아 놓은 계단이 예뻐서 계단 아래에서 위로 사진을 찍고, 계단 위에서 아래로 사진을 찍었다. 히말라야와 계단이 만들어낸 조화도 걸으면서 느껴야 될 중요한 감상 포인트였다. 회색 계단과 마차푸차레를 감상하며 걸으면 어느새 저 멀리 보였던 파란색 지붕의 롯지에 가까이 다가와 있었다. 물론 물리적인 시간은 생각보다 많이 걸렸다.

위 시누와에 도착했다. 올라올 때와 똑같은 곳에 잠시 머물렀다. 왜냐하면 그곳이 가장 높은 곳에 위치하고 있었고, 마차푸차레를 가장 잘 볼 수 있는 곳이었기 때문이다. 쉬면서 주변을 둘러보니까 한국 청년 두 명이 쉬고 있었다. 저 너머 보이는 마차푸차레를 바라보며 감동을 주체하지 못하고 있었다. 그들의 모습을 보고 입가에 살짝 미소가 돋았다. 불과 며칠 전 나도 저런 모습이었겠지. 허락 없이 그들의 행복한 모습을 살피며 나의 행복을 충전하는 못된 행동을 한 후 밀려오는 육체의 목마름을 해소하기 위해 문명의 상징 콜라를 마셨다. 왠지 모르게 문명에 가까워지자 콜라가 생각났다. 평소 박스로 쌓여 있던 콜라를 외면했던 나였는데 말이다.

문명과 자연의 불협화음

문명의 상징인 콜라를 다 마신 후 빈 캔을 소재로 삼아 마차푸차레와 어우러지는 사진을 찍어 봤다. 사진 제목은 '문명과 자연의 불협화음'이다. 그냥 재미삼아 찍은 사진이었는데 찍고 난 후 보니까 뭔가 그럴 듯해 보인다. 마차푸차레를 배경으로 어떤 사진을 찍더라도 그건 곧 예술로 승화할 수 있었다. 왜냐하면 마차푸차레는 히말라야의 미술관 관장이기 때문이다.

한국의 맛

아래 시누와의 '세르파 게스트 하우스'에 도착했다. 이곳은 한국 메뉴 간판을 걸고 한국 음식을 파는 곳이다. 올라갈 때 잠시 간판만 보고 지나갔던 곳이다. 내려오면서 반드시 들르기로 다짐한 장소이기도 했다.

게스트 하우스에 들어서자 날 반기는 주인의 첫 인상이 그리 친절해 보이지 않았다. 검은 피부에 날카로운 눈매는 무섭기까지 했다. 하지만 그가 입을 열어 몇 마디 하자 처음 생각했던 안 좋은 인상은 사라졌다. 무뚝뚝하지만 온정적인 말투로 이야기했고, 영어도 꽤 할 줄 안다. 이곳 네팔에서 느낀 건데 우리로 치면 초등학교 6학년 또는 중학교 1학년(네팔은 초등학교가 7학년까지 있다.)까지 마친 사람이라면 간단한 영어로 의사소통할 수 있는 능력을 갖추고 있었다. 참 희한했다. 히말라야 깊은 산골 마을에 영어와는 전혀 어울릴 거 같지 않는 사람들이 전부 영어로 소통하며 살고 있었다. 물론 생계를 이어가기 위한 생활 영어이지만.

게스트 하우스 주인은 자신이 한국 음식을 꽤 잘하는 전문가라고 말한다. 그의 말을 듣고 김치찌개와 짜파게티를 주문했다. 김치찌개의 첫 숟가락을 뜨는 순간

"와우!"

감탄이 저절로 나온다. 한국의 맛 그대로를 느낄 수 있었다. 아니 아마도 한국의 웬만한 식당의 김치찌개보다 더 맛있었다. 그 이유가 무얼까? 궁금함을 참지 못해 주인에게 첫 숟가락을 뜨고 그 신비로운 맛의 감동이 사라지기 전에 얼른 물어봤다. 답은 자신이 롯지 뒤에서 직접 재배한 배추 때문이라고 한다. 김치가 아삭아삭하다. 우리네 배추 중에서도 가장 좋은 품종으로 담근 김치와 비슷했다. 어머니가 텃밭에서 자식들을 위해 소중하게 재배한 배추로 담근 김치의 느낌이었다.

호기심이 발동했다. 궁금한 건 못 참고 지나간다. 그래서 김치찌개 만드는 방법을 어디서 배웠냐고 연이어 물었다. 자기가 아는 한국인에게 김치찌개를 배웠다고 한다. 대단하다. 한국 사람에게 김치찌개 만드는 법을 배운 것하며 배추를 직접 재배하는 것 하며, 한국인 트레커를 위해 네팔사람이 이렇게 정성을 다한다는 것 등 모든 것이 놀랍기만 했다.

네팔 히말라야 시누와의 야외 식당에서 저 멀리 촘롱을 바라보며 정성이 담긴 김치찌개로 점심을 먹을 수 있는 것은 히말라야가 내

게 허락한 만찬이었다. 트레킹 내내 히말라야의 따뜻한 햇살은 문명 속에 지친 나에게 힐링이라는 이름으로 다가왔다. 등과 어깨에 내리쬐는 따뜻한 햇살과 눈만 뜨면 보이는 하얀 만년설의 봉우리들이 세상에서 가장 풍성한 치유를 제공했다.

비수기라 오고 가는 트레커들이 거의 없다. 먼의 말에 의하면 성수기에는 이곳 식당에 한국 사람들이 가득하다고 한다. 하지만 비수기라 새 소리만 간간히 들리는 조용함과 상상 그 이상의 적막을 누릴 수 있었다. 따뜻한 햇살을 시끄러움이라는 방해 요소 없이 온전히 느낄 수 있었다. 아마 도반에서 만난 스위스 부부도 바로 이런 여유를 즐기기 위해 1월에 이곳에 왔을 것이다. 시끌벅적한 소리와 사람들의 많은 인기척을 좋아하는 사람도 있겠지만 조용하게 사색하며 고요와 함께 트레킹하고 싶은 사람들도 있을 것이다. 후자의 사람들에게 1월의 히말라야는 극상의 경험을 제공해 준다고 말해 주고 싶다.

시누와의 따스한 햇살이 준 영양분은 내 몸이 그곳에 터를 잡은 듯이 움직이지 못하게 했다. 아주 오래전부터 알아왔던 친구 같은 햇살과 마주 섰다.

고개를 돌려 아래 시누와의 마을 풍경을 살펴봤다. 햇살과 함께 네팔 사람들 서너 명이 보드게임 같은 것을 즐기는 모습과 힘겹게 짐을 지고 고산을 오르락내리락하는 당나귀의 모습이 시누와를 꽉 채우고 있었다. 그런데 이곳에 와서 당나귀들이 앉아서 쉬는 모습을 좀처럼 볼 수 없었다. 등에 짐을 지고 있지 않을 때조차도 서서 쉬고 있었다. 그런 당나귀가 안쓰러워 앉히고 싶었는데 나는 그럴 방법도 모르고 그럴 능력도 없었다. 그냥 바라보기만 했다.

시누와에서 맛있는 김치찌개와 짜파게티 덕분에 힘을 충전해 계곡 건너편에 보이는 촘롱을 향해 출발했다.

보드 게임과 당나귀

비즈니스 웨이

시누와에서 촘롱을 향하다가 주변을 돌아보며 궁금한 점이 또 발생했다. 시누와에서 촘롱을 거치지 않고 곧바로 지누단다로 갈 수 있는 길이 있지 않을까. 저 멀리 계곡 아래에 사람들이 사는 흔적이 보인다. 분명 시누와에서 촘롱을 거치지 않고 가는 길이 있는 게 틀림없다. 곧바로 가는 길이 없는지 먼에게 물었다. 먼은 조금 머뭇거리다가 말을 이어갔다.

"물론 있다. 하지만 그건 로컬 웨이이고, 비즈니스 웨이는 아니라고 했다."

아! 촘롱을 거쳐서 가는 길은 비즈니스 웨이였구나. 비즈니스 웨이란 생소한 단어를 듣게 되었지만 그 뜻이 대충 무엇인지 알거 같았다.

시누와에서 촘롱 가는 길(저 멀리 능선 위에 촘롱이 보인다)

촘롱에서 바라보는 안나푸르나와 마차푸차레는 미술관을 그대로 옮겨 놓은 것 같은 풍경이다. 발걸음을 잠시 옮길 때마다 다른 작품들이 보이는 미술관이었다. 수 만점의 작품을 앞에 둔 미술관에서 지름길을 찾았던 내가 갑자기 창피했다.

처음 히말라야로 향했을 때 모토로 삼았던 '비스타리'를 잊은 걸까? 아니면 한국인의 DNA에 수 천 년 동안 간직되어 있던 조급증이 발현될 걸까? 비즈니스 웨이라는 말이 약간 듣기 거북했지만 지름길로 가려고 했던 나의 생각이 비즈니스 웨이란 말보다 더 부끄러웠다.

다녀 온 사람과 가려는 사람 

트레킹 중에 만날 수 있는 가장 저렴한 스토어, '홀 세일 스토어'에 다시 들렀다. 올라갈 때는 동글동글하고 젊은 아가씨가 물건을 팔았는데 내려올 때는 연세가 있으신 노인 분이 물건을 팔고 계셨다. 산의 모습도 올라갈 때와 내려올 때가 달랐는데 상점의 모습도 같은 장소에 그대로 있었지만 그 안에 일하는 사람으로 인해 전혀 다른 느낌을 받았다.

길 한 가운데 위치하고 있는 이곳에는 여전히 다양한 국적의 사람들이 삼삼오오 모여 쉬고 있었다. 촘롱에서 시누와로 가는 길에 반드시 쉬어야 할 것 같은 장소에 적당한 분위기를 조성해 놓고 오르고 내려오는 길목 한가운데 떡 하니 자리 잡고 있어 많은 사람들에게 이곳에서 물건을 사거나 쉬지 않으면 안 된다고 말하고 있었다.

물론 가격은 아주 착하다. 트레킹 내내 다른 곳과 비교해 본 결과 이곳이 매우 싸다는 것을 알 수 있었다.

그곳에서는 A.B.C에 가는 사람과 A.B.C에서 온 사람들을 마주할 수 있다. A.B.C로 향하는 사람들의 모습에서 기대감을 볼 수 있었고, 복장에서 봄을 느낄 수 있었다. 내가 그렇게 느끼는 건지 정말 날씨가 변한 건지 며칠 사이에 촘롱의 날씨가 완연한 봄으로 바뀌어 있었다.

촘롱 마을의 중심부에 도착했다. 올라갈 때는 보지 못했는데 파란색 페인트로 지누와 나야풀(JHINU & NAYA PUL)이라고 쓰여 있는 이정표를 만났다. 같은 장소에 머문다고 해서 그 장소에 있는 모든 것을 볼 수는 없었다. 아마 여행의 매력이란 이런 것인가 보다. 얼마 시간이 지나지 않아 같은 장소에 방문해도 내가 전에 보지 못했던 것들이 보이는 것 말이다.

촘롱 마을에서 지누단다를 가리키는 곳으로 방향을 틀었다. 파란색 이정표를 지나 조금 걷자 안나푸르나가 잘 보이는 전망 좋은 곳이 나타났다. 그곳에서 잠시 멈춰 섰다. 안나푸르나 사우스가 지누단다로 향하는 내 발걸음을 쉽게 놓아주지 않는다. 애써 안나푸르나를 등지고 내려가려 해 보지만 쉽게 내 몸이 방향을 틀지 못하도록 붙잡고 있다.

스치는 인연

안나푸르나의 교태를 뿌리치고 촘롱을 지나 지누단다로 향했다. 이제부터는 전혀 가보지 않은 새로운 길을 가는 것이다. 그 길에 대한 기대로 한껏 부풀었다. 지누단다로 가는 길은 계단으로 이루어진 가파른 내리막길이다. 여러 코스의 계단을 지옥의 계단이라고들 했는데 지누단다에서 촘롱으로 올라오는 계단이 가장 지옥의 계단 같아 보였다. 만약 푼힐을 거치지 않고 곧바로 나야풀에서 란드룩이나 김체, 간드룩을 통해 A.B.C로 트레킹을 계획한다면 지누단다에서 촘롱으로 이어지는 가파른 계단을 반드시 거쳐야만 된다.

지누단다로 내려가는 계단을 앞에 두고서 이 계단을 올라오는 여정이 아니라 내려가는 여정인 것이 얼마나 다행인지 몰랐다. 가쁜 숨을 몰아쉬지 않고 여유롭게 아래를 보면서 지누단다로 향하는 길의 아름다움과 풍경을 즐길 수 있으니 말이다.

지누단다로 내려가면서 우리나라 모 대학에서 같은 조끼를 입고 30여 명 정도가 무리를 지어 올라오는 사람들을 만났다. 이마에 땀방울이 송골송골 맺혀 있었고, 숨소리는 말 한마디 내뱉기 힘들 정도로 거칠었다.

반가운 마음에

"나마스테"

라고 인사를 하자

"안녕하세요."

란 인사로 화답을 한다.

이 일행들은 단박에 내가 한국인임을 알아본 것이다.

푼힐 전망대에 올라갈 때 어떤 한국 청년이

"한국 사람이세요."

라고 묻더니

"아! 한국 사람은 한국 사람처럼 생겼다."

라고 말하며 웃었던 모습이 생각났다. '그래 한국 사람은 한국 사람처럼 생겼다. 나도 그렇게 보인단 말이지.'

그들에게 촘롱에 가면 새로운 세계가 열린다고 말해 줬다. 그들

휠체어 사나이의 상점

과 헤어지고 잠시 더 가파른 내리막길을 조심조심 디디며 내려 왔다. 잠시 더 내려오자 네팔의 전통식 가옥 마당에 한국어로 된 깃발을 바구니에 꼽아 놓고 귤 정도의 크기로 오렌지의 맛을 지닌 오렌지와 우리나라 사과 삼분의 일만한 크기의 사과와 네팔 과자 등을 파는 사람이 있었다.

한국어로 된 깃발 때문에 눈길을 사로잡은 면도 있지만 과일을 파는 분이 휠체어를 탄 장애우이었기 때문에 가속도가 붙어 빠르게 내려가는 발길을 저절로 멈추게 했다. 2,000m가 넘는 고산에서 장애를 입어 휠체어에 의지해야 하는 분이 히말라야의 순수한 모습을 간직한 채 과일을 팔고 있었다. 팔고 있는 과일들이 그리 풍성해 보이지 않았지만 히말라야를 닮은 그의 웃음과 마음이 과일을 풍성하게 보이도록 했다. 그 분 뒤에는 부모님으로 보이는 노부부가 해맑은 모습으로 웃고 계셨다.

높은 산에서 휠체어에 의지해 있으면 움직일 수 있는 공간이 매우 한정적일 텐데 어떻게 그 답답함을 견뎌 낼까. 그 분들의 집 옆으로 걸어가는 사람들은 문명의 답답함에서 벗어나 히말라야의 대자연 속에서 자유를 찾고자 스스로가 고행의 길을 걷는 사람들이다. 이 분의 처지와 트레커의 처지가 너무 대비되는 순간이다. 지누단다를 떠나 촘롱으로 올라가는 사람들은 가파른 경사로 인해 표정이 일그러져 있었고, 지누단다의 경사진 마을에서 휠체어에 의존해 제한된 공간에 계신 이 분의 표정은 히말라야를 닮아 더없이 맑았다.

이전에는 몰랐던 것들

절벽 같은 비탈에서 많은 양들이 자유롭게 풀을 뜯고 있었다. 대관령 드넓은 초원에서 울타리에 갇힌 양들을 본 적은 있었지만 자연 상태에서 방목된 많은 양떼를 본 적은 처음이다. 몇 마리일까 한 마리 두 마리 세다가 포기했다. 내가 셀 수 있는 숫자도 아니고 셀 수 있을 만큼 내 눈에 전부 들어오지도 않았다. 양들이 풀을 뜯고 있는 모습을 그 자리에 머물러 한참 동안 아무 말 없이 바라봤다.

양들과 헤어진 후 잠시 걷자 지누단다 롯지들의 지붕이 보인다. 쉴 수 있다는 기대감을 가지고 순식간에 지누단다로 내려왔다. 지누단다의 롯지들은 도반이나 밤부, 데우랄리, M.B.C의 롯지들과

히말라야를 즐기고 있는 양떼

는 달리 주변이 깨끗하게 정돈되어 있었고, 롯지 마당은 형형색색의 꽃으로 장식되어 있었다.

원래 계획은 지누단다에 짐을 풀고 핫 스프링에 가려고 했다. 그런데 먼은 오늘 지역 축제가 있는 기간이라 많은 지역 사람들이 핫 스프링에서 목욕을 하기 때문에 매우 지저분할 수 있다고 한다. 또 자칫 시간이 늦으면 핫 스프링도 할 수 없을 뿐더러 롯지에 저장된 물이 다 떨어져 핫 샤워를 하지 못하는 경우가 발생할 수 있을 거라고 한다. 지누단다의 롯지에서 핫 스프링까지는 20분 정도 내려가면 된다고 한다. 지치고 지저분한 몸으로 인해 핫 스프링에 대한 갈망이 컸지만 핫 스프링 대신에 마음껏 누릴 수 있는 핫 샤워를 선택

지누단다로 향하는 가파른 길

했다. 항상 선택이란 후회가 남지만 그 순간에는 핫 샤워가 최선의 선택이었다.

히말라야의 핫 샤워는 트레킹 내내 그랬지만 '핫'이란 수식어가 어울리지 않을 만큼 미지근하다. 그 미지근한 물마저도 나오다가 끊길 수 있다. 그런 어설픈 핫 샤워를 찔끔하고는 그 개운함에 지상 최고의 행복을 잠시 느꼈다. 풍족할 때는 몰랐던 것들의 소중함에 대해 부족함으로 인해 소중함을 알아가는 순간이었다. 어설픈 문명인의 대열에 합류한 나는 씻지 못하면 견디지 못하는 습관 속에 살고 있다는 사실도 더불어 알게 되었다.

지누의 밤

핫 샤워의 달콤함을 만끽하고는 식당으로 향했다. 저녁으로 촙시라는 음식을 주문했는데 칼국수처럼 굵은 스파게티 면발에 많은 양의 치즈를 듬뿍 뿌린 모습이었다. 보기엔 맛있어 보였는데 그리 입맛에 맞지는 않았다. 일단 입맛에 맞지 않아도 무엇이든 맛있게 잘 먹을 수 있는 식습관 덕분에 절반 정도를 먹었지만 너무 양이 많은 탓에 나머지는 남길 수밖에 없었다.

촘롱에서 지누단다로 내려오는 길은 그리 배가 고플 만큼 어려운 길이 아니었고 시누와에서 먹은 한국 김치찌개가 든든한 포만감을 유지시켜 준 덕에 촙시라는 새로운 메뉴는 나에게 크게 환영받지 못했다.

지누단다 여인들이 계단에 앉아 담소를

지누단다 식당에는 A.B.C로 향해 올라가는 사람들과 그곳에서 내려오는 사람들이 반반 정도 어우러져 식사를 하고 있었다. 트레킹을 막 시작하려는 사람과 마치고 내려가는 사람들이 함께 만날 수 있는 곳이다. 트레킹을 막 시작하려는 사람들의 얼굴은 뽀송뽀송하고 해맑다. 여유도 있어 보였다. 한국에서 가지고 온 소주를 마시며 미지의 세계 A.B.C에 대해서 이야기하며 즐거워하고 있다. 지금까지 본 풍경들의 아름다움에 벅차하며 앞으로 벌어질 아름다운 풍경에 대해 기대 섞인 목소리로 이야기하고 있다. 그들의 이야기에 끼어들려고 했으나 그러면 안 되겠다는 생각이 들었다. 내가 그들에게 A.B.C에 대해 이야기하면 자칫 그들만의 환상이 깨질 수도 있기 때문이란 생각이 들어서이다.

'지누' 현지 사람들은 지누단다를 줄여서 '지누'라고 한다. 나도 '지누'라는 애칭이 더 좋다. 지누에 처음 온 난 건방지게 지누단다를 아주 오랫동안 알았던 친구처럼 '지누'라고 불렀다.

'지누'의 밤은 깊어갔다. 잠들기 전에 샤워하면서 빨아 놓은 양말을 널어놓으러 옥상에 올라갔다. 저 멀리 불빛이 보인다. 촘롱에서 내려오는 길에 먼이 란드룩이라고 했던 곳이다. 란드룩의 불빛이 칠흑 같은 어둠 속에서 반짝인다. 360도 고개를 돌려 안나푸르나 쪽을 향하니까 시누와의 불빛이 보인다. 시누와의 불빛이 능선 위에 희미하게 반짝 거린다. 란드룩과는 사뭇 대조적인 모습이다.

지누의 밤은 내가 걸어 온 시누와의 불빛과 저 멀리 란드룩의 불빛 사이에서 깊어갔다. 날이 흐려 하늘에 별이 보이지는 않았다. 며칠 전에 별들을 볼 수 있도록 하늘을 열어 주었던 안나푸르나에게 감사해야 했다.

계곡 아래 롯지에서 요란한 음악 소리가 들린다. 오늘이 지역축제라더니 사람들이 신나게 음악을 틀어놓고 축제를 즐기는 것 같았다. 어둠이 내리면 히말라야는 고요한 곳이었는데 처음으로 어둠이 내린 후 정적을 깨는 사람들의 소리를 들었다. 사람들의 목청과 음악 소리에 지누의 밤도 깊어갔다.

방에서 내일 일정을 생각했다. 내일 상황을 봐서 란드룩으로 향할지 아니면 간드룩으로 향할지 결정을 하려고 한다. 오스트리안 캠프에 대한 갈망이 있지만 먼이 간드룩의 지역 풍경이 네팔의 고산 지역 모습을 그대로 보여주고 풍경도 괜찮다고 해서 어디로 향할지 내일 아침에 결정하기로 하고 히말라야의 아늑한 밤 속으로 들어갔다.

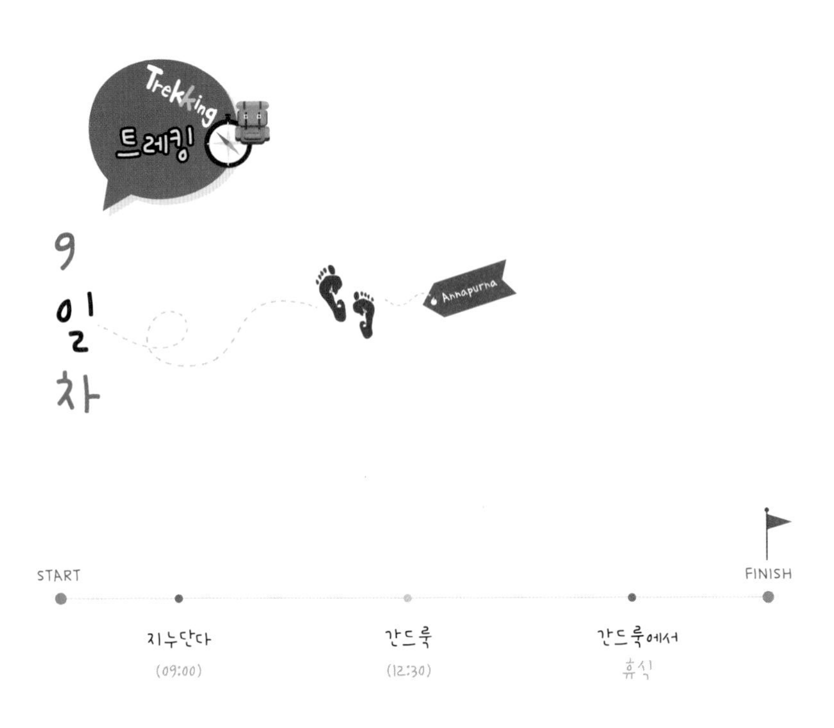
Trekking
트레킹
9일차
Annapurna
START
FINISH
지누단다
(09:00)
간드룩
(12:30)
간드룩에서
휴식

안나푸르나 (8091m)
신구출리 (6501m)
마차푸차레 (6997m)
안나푸르나 사우스 (7219m)
A.B.C (4130m)
M.B.C (3700)
데우랄리 (3230)
히운출리 (6441m)
도반 (2600)
밤부 (2310)
(3193)
푼힐
(3180)
반단티
(2855)
추일레
시누와 (2360)
촘롱 (2170)
(2860) 고레파니
(2430) 난계탄티
타다파니
(2630)
지누단다 (1780)
간드룩 (1940)
(1960) 울레리
(1540) 티게둥가
김체 (1640)
(1430) 힐레
(1070) 나야풀

형형색색을 자랑하는 지누단다의 롯지

형형색색의 롯지

아침에 지누의 식당에서 만난 사람들은 여타 다른 롯지에서 만난 사람들과는 달리 조금 단정하고 깨끗한 느낌이었다. 아마도 푼힐을 거치지 않고 곧바로 A.B.C로 올라가는 사람들이 본격적인 트레킹을 시작하면서 첫 번째로 묵는 숙소라서 그런 것 같다. 또, 자동차가 올라 올 수 있는 최고 높이인 란드룩과 김체에서 가까운 곳이라 아직은 트레킹으로 인해 모습이 피폐해지지 않은 상태이기 때문인 것 같아 보였다.

지누의 게스트 하우스 앞에는 꽃들이 많이 피어있었다. 1월임에도 불구하고 많은 꽃들이 봄인 냥 피어있었다. 며칠 전만 해도 A.B.C와 M.B.C의 눈 속에 피어 있는 눈꽃을 보고 있었는데 지누에서 붉은 빛, 노란 빛, 주황빛의 꽃들을 마주하고 있는 것이 믿기지 않았다. 순식간에 해발 4,130m(A.B.C)에서 2,000m 이상을 내려왔다. 하지만 여전히 해발 2,000m 정도의 고산에 위치하고 있다. 이렇게 높은 곳에서 형형색색의 아름다운 꽃을 만날 수 있는 것은 네팔의 따스한 햇살이 꽃들을 따뜻한 마음으로 어루만져 주었기 때문일 것이다.

롯지 주변의 형형색색 숨 쉬고 있는 꽃들을 감상한 후 오스트리안 캠프 방향이 아니라 먼이 추천한 간드룩을 향해 출발했다. 그곳에서 네팔 고산 지역의 문화를 살펴보기로 일정을 정했다.

내가 머문 롯지는 지누단다의 롯지 중에서도 가장 높은 곳에 위치한 곳이라 내려오면서 여러 롯지들의 모습들을 찬찬히 살피면서 내려올 수 있었다. 내려오는 길에 위치한 롯지들의 특징은 저마다 꽃을 장식해서 롯지의 외관을 꾸미고 있었다. 1월임에도 불구하고 이렇게 예쁜 꽃이 만개해 있다면 4월이나 9월에는 어떤 모습을 하고 있을까 상상하며 발걸음을 아래로 향했다.

계단식 경작지를 자랑하는 지누단다

절벽 아래로

지누의 중심부를 벗어나 산모퉁이를 돌자 건너편 산비탈에 계단식 경작지(다랑이 논)와 집들이 보인다. 손에 잡힐 듯이 계곡 건너편 산비탈에 듬성듬성 자리 잡은 집들과 그 사이 마을길을 따라 간드룩으로 가는 길이 보인다. 건너편 마을로 가려면 절벽을 옆에 두고 난 가파른 길을 내려가야 한다. 몇 걸음 내려가자 갑자기 먼이 뭔가

에 놀란 듯이 절벽 아래로 시선을 향하며

"와우! 절벽 아래로 양이나 사슴이 떨어진 거 같아요."

라고 한다. 난 아무 소리도 듣지 못했는데 먼은 뭔가 들은 눈치였다. 약간은 흥분된 목소리와 상기된 얼굴빛을 하며 절벽 아래로 떨어진 생명체를 걱정하고 있었다.

잠시 후 만난 네팔 농부에게도 네팔어로 무언가가 절벽으로 떨어지는 소리를 들었다고 말하는 것 같았다. 떨어진 정체불명의 동물에 대해 이야기를 하면서 절벽 옆으로 난 길을 걷다가 고개를 돌려 계곡 건너편을 살펴보았다. 건너편에는 어떠한 펜스나 안전장치도 되어 있지 않고, 흙이나 돌들이 비탈진 경사면을 따라 계곡으로 소리를 내며 흘러내리는 것이 보인다.

로컬 웨이

매우 위험해 보이는 흙길이다. 설마 내가 가야할 길이 위험한 건너편 흙길은 아닐 거라고 생각했는데 조금 후 계곡의 조그마한 나무다리를 건너자 내가 우려했던 그 길이 내 앞에 펼쳐졌다. 미끄러져서 떨어지면 어쩌나 걱정이 앞섰지만 실제 그 길을 걷자 건너편에 봤던 것처럼 그리 위험하지 않았다. 비스타리 비스타리 올라갔다.

위태위태한 흙길을 따라 올라가며 처음 만난 조그마한 마을 입구에서 한 무리의 네팔 여인들이 담소를 나누고 있었다. 긴장하고 올라온 터라 그들 곁에서 잠시 쉬었다. 네팔 여인들은 트레커들이 자주 지나다니는 길이라 그런지 나의 존재에 대해 별로 신경을 쓰지 않고 자신들의 이야기를 이어갔다. 나는 유심히 그들의 생활과 모습을 살펴봤다. 삼삼오오 모여 앉아 무얼 이야기하는 걸까? 그들의 말을 알아들을 수 없는 것이 참 답답하다. 그들이 모여 앉아 있는 것으로 그들의 삶을 유추할 수는 없었다. 난 그들이 어떠한 대화를 하고 어떠한 일상을 꾸려가고 있는지 알고 싶었지만 그런 것들을

히말라야의 만년설을 물로 만날 수 있었던 나무다리

알 수 없는 장애에 직면했다. 나와 다른 환경 속에 처해있는 사람들의 일상에 대한 궁금증만 그곳에 남겨 두고 다시 발걸음을 옮겼다.

계단식 논 사이로 이어진 로컬 웨이를 걷다가 뒤를 돌아다보니 저 멀리 반대편에 지누가 보인다. 촘롱에서 내려올 때 보았던 지누와는 달리 올려다보아야 하는 모습이다. 얼마 걷지 않았다고 생각했는데 지누는 벌써 계곡 건너 저편 높은 곳에 가 있었다.

지누단다 뒤의 안나푸르나는 작은 마을의 뒷산이 되기를 주저하지 않는 듯 했다. 측량 기술이 부족하고, 설산에 오를 생각을 감히 하지 못했던 시절에 이곳 사람들은 저 뒷산 안나푸르나를 신의 영역이라고만 생각했을 거 같다.

트레킹 내내 안나푸르나의 마을들이 그들의 뒷산인 안나푸르나를 어떠한 모양으로 배경 삼는지에 대해 감상하며 내려왔다. 이것도 트레킹 내내 놓치지 말아야할 감상 포인트였다. 안나푸르나와 마차푸차레는 고산 마을의 아름다운 배경이 되어 주기 위해 이리 저리 옮겨 다니며 이 모양 저 모양의 자태를 뽐내고 있었다.

지누에서 로컬 웨이를 따라 간드룩으로 향하는 능선을 돌아서자 철제문이 앞길을 막고 있다. 이 문을 열고 들어가도 되는 건지 아니면 돌아가야 되는 건지 막막했다. 주변을 살펴보니까 돌아갈 수 있는 길이 보이질 않는다. 문은 이곳으로 들어오면 안 된다는 메시지를 전달하듯 굳게 막고 있다. 먼에게 물었더니 사람의 이동을 막으려는 것이 아니라 버팔로나 당나귀가 다른 곳으로 가지 못하게

사람만 지나가세요

막아 놓은 것이라고 한다. 가파른 내리막과 급격한 비탈에 위치한 길이라 이 문을 통하지 않고서는 동물들이 다른 곳으로 이동하는 것이 쉽지 않아 보였다. 히말라야에서 인공의 구조물은 전부 사람을 위한 것이라고 생각했는데 때론 동물을 위한 것도 있었다.

다국적 청년 봉사단

잠시 로컬 웨이의 아름다움에 빠져 발걸음을 멈추고, 쉬기에 안성맞춤인 돌무더기에 엉덩이를 반쯤 걸친 채 쉼의 시간을 가졌다. 얼마 후 저 멀리서 사람들 무리가 움직이는 모습이 보인다. 내가 있는 곳으로 오고 있었다. 인적이 드문 로컬 웨이에서 만난 그들이 얼마나 반가운지 모른다. 그들은 지누단다의 핫 스프링에 간다는 독일인, 미국인, 캐나다인으로 구성된 청년 봉사단원들이었다. 간드룩에 있는 학교에서 봉사활동을 하고 있는 자원봉사자들이며, 잠시 짬을 내서 지누에 핫 스프링을 하러 가는 길이라고 한다. 먼이 지누단다의 핫 스프링이 어제 지역 축제로 인해 지저분할 수도 있다고 이야기하자 청년들은

"리얼리"

라는 단어를 외치며 실망 하는 눈치였다. 먼은 아마도 오늘은 괜찮을 거라는 안심의 멘트를 날렸다. 병 주고 약 주고였다.

간드룩으로 가는 길에 처음으로 만난 외국인이었다. 걷는 내내 이들 외에 어떠한 외국인이나 한국 사람도 만나지 못했다. 1월에 지누단다에서 간드룩으로 가는 길은 무척이나 외로운 길이었다. 길도 두 사람이 겨우 비껴갈 수 있는 외길로 좁게 이어져 있었고, 들판에 풀들만 바람을 따라서 이리 저리 왔다 갔다 하며 외로움의 깊이를 더하고 있었다. 잠시 동안이나마 이국의 길에서 만난 다국적 자원봉사자들로 인해서 적적함을 달랠 수 있었다.

간드룩으로 가는 도중에 저 멀리 뉴브리지를 통해 란드룩으로 가는 길을 바라볼 수 있었다. 멀리서도 그 길의 넓이와 형태를 알아볼 수 있을 정도로 넓고 선명하게 보였다. 하지만 간드룩으로 향하는 길은 들판에 연필로 그어 놓은 듯 좁은 시골길로 이어져있다. 길 옆으로는 유채꽃과 비슷한 노란색 꽃들이 겨울인지 봄인지 분간하지

못하도록 흐드러지게 피어 있었다. 꽃의 이름이 뭔지는 모르겠지만 안나푸르나의 하얀색 설산에 생명력을 불어 넣듯이 하늘거리고 있었다. 흰색과 노란색이 만들어낸 모습이 안나푸르나를 더욱 생기 있게 만들고 있었다.

간드룩

사람들은 열흘이 넘게 산행을 하면 힘들지 않느냐고 하겠지만 안나푸르나의 설산이 만들어낸 파노라마가 육체의 힘듦보다는 그것들을 감상하는 정서적인 것에 몰입하도록 해주기 때문에 힘듦을 이겨내고 걸을 수 있도록 해 주고 있었다.

안나푸르나의 파노라마를 보며

"비스타리, 비스타리"

살며시 내뱉으며 안나푸르나의 길들에 발걸음을 올려놓았다.

실처럼 생긴 길을 걷고 또 걸어 다다를 것 같지 않던 모퉁이를 돌아서자 왼편 산 정상에 많은 가옥들이 모여 있는 마을이 보인다.

먼은 그곳을 가리키며 아주 간략하게

"간드룩"

이라고 외친다.

해발 1,940m 높이에 형성된 마을이지만 꽤 규모가 있어 보인다. 마을 곳곳에 연기가 모락모락 피어나는 모습이 시간을 저만치 돌려놓은 듯 했다.

간드룩까지 가려면 아득히 아래로 내려다보이는 계곡까지 내려갔다가 다시 올라가야 한다. 지금 내가 서있는 곳부터 아주 기다란 철제 다리를 놓으면 많은 시간이 걸리지 않을 수 있는데, 다시 저 아래 계곡까지 한참을 내려가 다시 가파른 계단이나 지그재그로 이어진 길로 올라가야 한다. 트레킹 막바지라 '얼마나 걸릴까?'란 지친 생각에 사로잡혀 있었다. 허기지기 시작했다. 간드룩이 한없이 멀어보였기 때문에 허기가 쉬이 누그러지지 않았다.

간드룩으로 가는 길은 로컬의 작은 길이라 그런지 길 주변에 롯지가 보이지 않는다. 길가에 간단히 간식을 먹을 수 있는 조그마한 구멍가게가 있나 살펴보았는데 그마저도 보이지 않는다. 잠시 걷자 드디어 작은 간이 휴게소 비슷한 가게가 보인다. 반가운 마음에 얼

저 멀리 보이는 간드룩

른 가서 야외 탁자에 앉아 배낭을 내려놓고 간식을 사려고 했는데 문이 굳게 닫혀 있었다. 진열해 놓은 물품들을 보호하고 있는 철망 사이로 맛있는 간식들이 보인다. 하지만 전부 그림의 떡이다. 주인이 없는 휴게소 의자에서 함께 할 수 없는 간식과 저 멀리 간드룩 마을을 번갈아 바라보면서 배고픈 휴식을 취했다.

그 간이 휴게소의 바닥에는 파란색 페인트로 지누단다와 간드룩으로 향하는 안내가 되어 있었다. 우리나라 제주도 올레길에 주황색으로 길을 안내하는 것처럼 바닥에 파란색 페인트로 화살표를 표시해서 간드룩으로 가는 길이 저쪽, 지누단다로 가는 길은 이쪽임을 알리고 있었다. 홀로 걷는다 해도 이 이정표로 인해 길을 잃을 일은 없을 것 같다.

이 휴게소에서는 간드룩과 란드룩이 다 보였다. 란드룩으로 향하는 산 아랫길을 바라보면서 만약 그 길을 선택했다면. 지금 즈음 저 아래 점으로 있었을 텐데. 란드룩으로 향하는 아랫길을 높은 곳에서 보니까 숲 사이로 누런색 띠를 두른 것이 꿈틀 꿈틀 살아 움직이는 것처럼 보였다. 이곳은 특별히 유명한 장소는 아니지만 꽤 괜찮은 풍경을 뿜어내고 있었다. 히말라야의 많은 장소가 유명한 장소로 이름을 날리지는 못하지만 꽤 괜찮은 풍경을 간직하고 있는 곳이 많았다. 비스타리를 모토로 삼는다면 충분히 자신만의 감상 포인트를 많이 찾을 수 있을 것이다.

먼은 간드룩이 환상적인 풍경과 안나푸르나 고산 지역의 문화를 느낄 수 있는 곳이라며 여러 번 자랑 같이 언급을 했다. 히말라야의 환상적인 마지막 뷰와 지역 사람들의 생활을 접해 보기 위해서 그곳으로 향하고 있다. 만약 란드룩으로 갔으면 많은 블로그와 카페에서 풍경이 좋다고 안내하는 오스트리안캠프로 향했겠지만 간드룩으로 향했기 때문에 오스트리안캠프는 갈 수 없다. 이 부분이 많은 아쉬움으로 남았지만 나만의 감상 포인트를 찾아 길을 나선다고 생각하니 그리 크게 아쉽지만은 않았다.

한참을 내려간 후에 만난 철제 다리는 지금까지 봐왔던 철제 다리들과는 달리 허름하고 짧았다. 많은 사람들이 간드룩에서 지누단다로 향하는 루트를 택하지 않아서 다리가 보수 되지 않고 있다는 느낌이 들었다. 철제 다리 위에 구멍 난 부분을 대리석 같은 돌로 메

2000m 고산에서 살아가는 버팔로

우고 있는 것이 조금 색달랐다.

다리를 건너자 오르막이다. 거친 숨을 내쉬며 입가에 하얀 거품을 물고서 날 쳐다보고 있는 버팔로들의 환영을 받으며 간드룩으로 향했다.

지누단다로 내려 올 때 다시는 올라가는 일이 없을 줄 알았는데 또 돌계단과 지그재그로 이루어진 밭 사이 길을 걸어 간드룩에 도착했다. 지누단다의 높이는 1,780m이고 간드룩은 1,940m이었다. 다시 200m 정도의 고도를 올렸다. 한라산 높이의 고도를 매일 오르락내리락했다. 며칠 사이에 4,130m의 안나푸르나 베이스캠프에서 2,000m 이상을 내려왔다.

9시 즈음 지누단다를 출발해 12시 30분 즈음에 간드룩에 도착했다. 3시간 30분을 온통 걷는데 사용한 건 아니지만 마지막 간드룩으로 올라오는 계단에서 허기로 인해 조금 힘들었다.

헤븐 뷰 롯지

마을에서 꽤 전망이 좋은 '헤븐 뷰 롯지'에 도착했다. 롯지 앞마당에는 베틀을 짜는 할머니가 있었고, 온갖 예쁜 꽃들이 피어 있었다. 이곳에서 점심을 먹고, 김체로 내려가서 나야풀로 갈지 아니면 그냥 전망이 좋은 이곳에서 하루를 보내고 갈지에 대해 고민했다.

오늘 김체까지 가서 짚을 타고 포카라에 도착하게 되면 날이 어두워질 거 같다. 어두워진 도시에 도착하기도 싫었고, 이곳 간드룩의 풍경도 워낙 아름다워서 그냥 하루 머물기로 했다. 원래 안나푸르나를 가까이서 바라볼 수 있는 산 위의 롯지에서 보내기로 계획한 시간도 오늘까지였다. 굳이 서둘러 내려가면서 이 좋은 풍경을 놓칠 이유가 없다고 생각했다. 비스타리.

롯지 바로 앞에는 네팔의 전통 농경사회를 살펴볼 수 있는 '올드 구룽' 박물관도 있었고, 저 멀리 마을 외곽에는 세컨더리 스쿨(중학교와 고등학교 과정이 같이 있는 학교)도 있었다. 어제까지 트레킹하면서 경험한 네팔의 산악 마을 중에서 가장 번화한 마을은 촘롱과 고레파니였다. 생각해 보니까 촘롱이나 고레파니는 여행자를 위해 롯지와 상점을 위주로 형성되어 있었다. 하지만 이곳 간드룩은 롯지 위주의 마을이 아니라 고산 지역의 행정을 담당하는 큰 마을이었다. 새로운 경험에 대한 호기심이 이곳 간드룩에 머물도록 발걸음을 더욱 굳건히 붙잡았다.

'헤븐 뷰 롯지' 옥상에서 먼이 맛있다고 자랑하는 치킨 요리와 문명의 상징 콜라를 시켜서 늦은 점심을 해결했다. 옥상에서 안나푸르나를 바라보며 식사하는 기분은 지상 최고의 레스토랑에 와 있는 듯 했다. 사방으로 확 트인 환상적인 뷰와 더불어 1,940m 높이의 장소에서 따뜻한 햇살을 받으며 점심 식사를 했다. 헤븐 뷰라는 말이 무색하지 않을 정도로 천국의 풍경을 지니고 있었다. 저 멀리 안나푸르나와 히운출리, 마차푸차레가 손에 잡힐 듯 하고, 아래에는 전통 마을의 풍경이 보이고, 마을 풍경 너머에는 또 다른 마을 풍경

옷 만드는 네팔 여인

이 보이는 그런 곳이었다. 옥상에서 따사로운 햇살을 맞으며 맛이 한 환상적인 네팔의 치킨은 천국 식당의 최고 메뉴였다.

점심 식사를 한 후 샤워를 하려고 방으로 내려갔다. 옆방과 경계를 짓는 칸막이가 나무로 된 방에서만 자다가 시멘트로 그 경계가 견고히 된 방을 보니 호텔이라는 느낌이 들었다. 방에 그럴 듯한 샤워 시설이 딸려 있었다. 공용 샤워 실을 운영하는 도반이나 밤부, M.B.C의 숙소에 비하면 완전 별 다섯 개의 호텔 급이었다. 이건 어디까지나 상대적인 것이다. 샤워 실이 딸린 방이 있는 촘롱이나 지누단다보다 조금 더 나은 수준이었다. 열흘간의 트레킹으로 어느덧 여러 지역의 숙소를 비교하고 평가할 수 있는 처지에 이르렀다.

지금까지 묵었던 숙소의 불편함 때문인지 이곳은 굉장히 아늑하게 느껴졌다. 오래간만에 원 없이 따뜻한 물을 쓸 수 있다는 기대감 때문이었나. 샤워를 하려고 꼭지를 돌리는 순간 '기대치가 너무 높았구나!'란 생각이 들었다. 샤워기를 틀자 샤워기 연결 부위에 틈이 있어 물이 사방으로 요동쳤다. 얼른 먼을 불러 롯지 주인에게 샤워실의 문제를 이야기해 달라고 했다. 샤워 시설을 손 봐달라는 메시지였는데 그냥 방을 바꿔 줬다. 작은 문제를 호소했는데 통째로 문제를 해결해 줬다. 아마 성수기에 왔으면 언감생심 이런 서비스는 생각지도 못했을 것이다. 지금이 비수기라 방을 통째로 바꿔 주는 최고의 서비스를 받을 수 있었던 것 같다. 작은 문제의 화끈한 해결을 통해 환대라는 느낌을 받을 수 있어 꽤 괜찮은 기분이 들었다.

생각을 바꾸는 단어

샤워를 하면서 네팔의 안나푸르나에서 생활에 어느덧 적응되어가는 느낌을 받았다. 조금만 늑장을 부리거나 과하게 물을 쓰면 물이 떨어지거나 미지근해져서 쓰지 못하는 핫 샤워가 아니라 내가 원하는 만큼 쓸 수 있는 뜨거운 물이 나오는 핫 샤워란 것에 한없이 감사했다.

진정한 핫 샤워 덕분에 기분은 안나푸르나의 높이만큼이나 좋아졌다. 샤워를 하고 밖에 나오자 안나푸르나가 더 아름다워 보인다. 삶의 기본적인 욕구가 충족된 후에 바라보는 배경은 또 다른 아름다움으로 다가왔다.

이곳에 온 후로 일상에서 소중하게 쓰는 단어들이 바뀌었다. 세상 속에서 내가 종일 어떤 단어를 썼는지 기억나지는 않지만 이곳에서는 안나푸르나, 마차푸차레, 핫 샤워, 뷰, 굿, 나마스테, 비스타리 등의 단어들이 내가 일상 중에 가장 많이 사용하는 말이 되었다. 삶의 조건이 한 사람이 사용하는 단어의 경향을 바꿔 놓고, 그 사람의 생각도 바꿔 놓았다.

작은 산책

'헤븐 뷰 롯지' 아래로 내려다보이는 풍경 중에 가장 궁금증을 유발한 학교와 올드 구릉 박물관을 살펴보려고 발걸음을 옮겼다. 먼저 올드 구릉 박물관에 갔다. 그리 비싸지 않은 입장료를 내고 먼과 함께 들어갔다. 아주 작은 박물관에는 고산 지역 농경 생활에 사용하는 도구들이 전시되어 있었다. 전시되어 있는 것이라고 말하기보다는 그냥 놓여 있다는 표현이 맞을지 모르겠다. 먼은 전시품 하나하나 자부심을 가지고 설명해 줬다. 그 설명을 들으면서 우리네 농기구와 별반 다르지 않음을 느꼈다. 하지만 그냥 묵묵히 들었다. 그의 진지함을 느끼면서 그들의 문화를 존중하면서 말이다.

박물관에 들렀다가 고산 지역의 네팔 학교에 가보기 위해 마을의 미로 같은 골목길을 따라 내려갔다. 얼마간 내려가자 학교로 가는 논두렁이 보였다. 길 주변에는 네팔의 닭들이 신기한 듯이 날 쳐다보고 있었다. 우리나라의 닭과는 달리 자유로운 상태에서 자신이 원하는 곳으로 마을길을 걷고 있었다. 그리고 나에게 어디서 온 여행자냐고 묻는 듯했다.

학교 정문 앞에 이르자 운동장에 있던 많은 학생들이 순식간에 건물 안으로 들어갔다. 체육 시간이 끝났거나 전체 수업이 끝난 듯 보였다. 운동장에서 학교 건물로 들어가는 선생님께 학교에 들어가도 되냐고 물어 허락을 받았다.

학교에 들어갈 때 시간이 4시 즈음이었다. 롯지 옥상에서 식사를 하며 마을 아래 보이는 학교에 관심을 보이자 먼이 학교는 10시에 시작해서 오후 4시에 끝나며 그 이유는 산간 마을로 이루어져 있기 때문에 등하교의 어려움이 있어 조금 늦은 시간에 시작을 하고 조금 이른 시간에 끝난다고 알려준 말이 떠올랐다.

안나푸르나를 배경으로 두고 있는 간드룩의 학교

4시가 조금 넘자 아이들이 학교 밖으로 마구 밀려 나왔다. 아주 조그마한 아이부터 큰 아이까지 많은 아이들이 서둘러 학교 밖으로 나왔다. 이 학교는 중고등학교가 같이 있는 학교라 조그마한 아이들부터 제법 머리가 굵은 아이들까지 섞여 있었다. 학교 밖으로 나오면서 여학생들은 '나마스테'하고 웃는 얼굴로 인사를 하지만, 중학교 2학년 즈음 보이는 아이들과 머리가 더 굵은 남자 아이들은 보는 둥 마는 둥 한다. 남자 청소년 아이들의 퉁명스러운 모습은 우리 아이들과 별반 다르지 않았다.

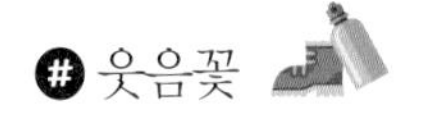

학교 이름은 '메시람 바라하 세컨더리 스쿨'이다. 아이들이 매일 같이 안나푸르나와 마차푸차레를 보고 지낼 수 있는 곳에 위치한 학교다. 머나먼 타국의 이방인 눈에는 동경의 대상이 되는 조건들이 이들에게는 일상이었다.

나와 마주친 몇몇 여학생들이 나에게

"마차푸차레"

라고 말하며 저 멀리 마차푸차레를 가리켰다. 많은 여행자들이 마차푸차레를 좋아하고, 그 걸 보려고 이곳에 여행 오는 것을 알고 있는 것이다.

메시 바라하 세컨더리 스쿨 정문

갑자기 아주 똘똘하게 생긴 여학생이 친구들과 다가와 어느 롯지에 머무느냐고 묻고는 대답할 틈도 주지 않은 채 본인의 집이 '헤븐뷰 롯지'라고 이야기한다. 그 아이를 자세히 보니까 점심 식사 때 롯지에서 페인트칠을 하고 있던 아가씨의 얼굴이 떠올랐다. 그 아가씨와 아주 비슷한 얼굴이었다. 아! 롯지에서 페인트칠을 하고 있던 아가씨의 여동생이란 걸 단박에 느낄 수 있었다. 몇 시간 전에 맺은 인연의 끈이 연결되어 있는 꼬마 아가씨와 잠시 웃음꽃을 피웠다.

운동장에서 아이들이 제기차기를 하고 있었다. 우리나라에만 있는 줄 알았던 제기가 이곳에도 있다니. 아이들에게 잠시 제기를 빌려 어릴 적 실력을 회상하며 멋지게 차봤다. 내가 제법 제기를 잘 차자 아이들은 신기해했다. 그들의 눈에 제기는 본인 나라의 유일한 전통이라고 생각할 수도 있을 것이다. 왜냐하면 나도 지금까지 제기는 우리나라에만 있는 민속놀이라고 생각했기 때문이다. 말이 통하진 않았지만 서로 공유할 수 있는 민속놀이로 인해 아이들과 잠시 즐거운 시간을 가졌다.

마을 알기

학교 밖으로 나가는 출구 옆에 작은 기념 현판 하나가 눈에 들어왔다. 기념 현판에는 일본인들이 이 학교 운영과 설립을 위해 기부했다는 내용이 적혀 있었다. 머나먼 이국의 산간 마을 시골 학교를 위해서 기부한 나라가 일본이 아니라 우리나라였으면 하는 생각이 문득 들었다.

학교에서 나와 간드룩을 둘러보았다. 학교뿐만 아니라 마을 중앙에는 절 같은 것이 있었고, 응급 상황을 위한 병원도 있었다. 안나푸르나에서 갑자기 문제가 생긴 사람들을 위해 운영한다는 헬기장과 주민을 위한 큰 병원도 있었다.

간드룩은 네팔의 산간 마을 사람들이 생활하는 터전 위에 간간히 롯지가 위치하고 있는 마을이다.

네팔의 카스키(Kaski)라는 지역의 몇몇 마을들의 구심점 역할을 하는 곳이다. 네팔은 14개의 구가 있는데 안나푸르나가 속한 곳은 간단키구의 카스키현이었다. 그리고 카스키현(현은 네팔어: **जिल्ला**, jillā, 영어: district를 백과사전에서 번역한 것)의 간드룩이란 행정 구역에 속한 마을들은 트레킹 중 거친 대부분의 마을들이었다. 이곳은 트레킹 도중에 있는 마을들의 구심점 역할을 하는 행정 중심지 같은 곳이었다.

트레킹 내내 머물렀던 마을들을 여유롭게 둘러보질 못했다. 해가 질 무렵 마을에 도착해서 씻고 잠들기 바빴는데, 이곳 간드룩에서는 마을을 찬찬히 둘러볼 수 있는 여유를 누릴 수 있었다. 간드룩 마을을 대부분 둘러보고 롯지로 돌아가는 길에 지역 상점들 여러 개가 상가를 형성하고 있는 곳에 이르렀다. 쌀과 식료품, 그리고 공산품 등을 파는 상점이었다. 여행객보다는 지역 주민들을 위한 성격이 더 짙은 상점들로 보였다. 저녁 무렵이라 장을 보러 오는 사람들이 간간히 있었다.

간드룩이란 마을을 꼼꼼히 둘러 본 후 롯지로 돌아 왔다. 해가 지는 안나푸르나를 바라보기 위해 서둘러 옥상으로 올라갔다. 해가 지는 모습을 보며 옥상에 마련된 식당에서 식사를 하려고 했는데 날이 어두워지자 급격히 한기가 느껴졌다. 낮에 식사한 것처럼 옥상에서 식사를 하지는 못할 것 같았다. 얼른 옥상 바로 밑층에 있는 식당으로 자리를 옮겨 안나푸르나로 향한 창문을 통해 안나푸르나의 일몰을 감상하며 식사 했다. 해가 지는 모습을 바라보며 여유로운 마음으로 매일 식사할 수만 있다면 그것은 삶의 여정에서 가장 큰 행복 중에 하나일 수 있을 것이다.

마을과 안나푸르나의 신비로운 화음

밤의 통과의례

이곳에 와서 밤이 깊어지면 무조건 치러야 하는 통과의례가 있었다. 그건 바로 별들의 향연을 감상하러 롯지 옥상이나 마당으로 향하는 것이다. 쏟아질 듯 하늘을 뒤덮고 있는 별들을 보며 하루 일과를 마감하는 것이 얼마나 가슴 벅찬 일인지 모른다. 롯지 옥상에서 하늘을 응시하고 있는 동안 별똥별이 지나간다. 촘롱에서 봤던 별똥별이다. 기억이 가물가물한 어린 시절 외가댁에서 봤던 것들이다.

외가댁 뒷동산에서 할머니께

"저기 지나가는 저건 뭐예요."

라고 했던 별똥별이다.

네팔의 하늘에서 어린 시절 만났던 그 별과 여러 번 재회를 했다. 왜 우리나라에서는 그 별들과 재회를 할 수 없을까? 밤하늘에 항상 있는 그 별들을.

별똥별의 향연을 마주한 후 스마트폰의 별자리 어플로 밤하늘에 반짝이는 별들의 이름을 확인하며 히말라야의 별들과 한참 동안 대화했다. 별들과 진한 만남을 아쉬워한 채 방으로 돌아왔다.

잠자리에 누워서 지금까지 걸어 왔던 길들을 되짚어 봤다. 아련히 손에 잡힐 것 같은 길들이 머릿속에 휙휙 지나간다. 아마도 내일이면 손에 잡힐 것 같은 마차푸차레, 안나푸르나, 히운출리의 모습이 마지막일 거 같다. 김체에서 포카라로 2시간가량을 달리면 먼

발치에서만 마차푸차레가 보일 것이다. 내일 아침 김체로 향하면서 자주 뒤를 돌아다보며 내 인사가 들릴 만큼의 거리에서 그들과 이별을 해야겠다.

Trekking
트레킹
10일차
Annapurna

START
FINISH
간드룩
(08:00)
김체
(09:00)
포카라
(11:30)

안나푸르나 (8091m)
신구출리 (6501m)
마차푸차레 (6997m)
안나푸르나 사우스 (7219m)
A.B.C (4130m)
M.B.C (3700)
데우랄리 (3230)
히운출리 (6441m)
도반 (2600)
밤부 (2310)
(3193) 푼힐
(3180) 반단티
(2855) 추일레
시누와 (2360)
촘롱 (2170)
(2860) 고레파니
(2430) 난게탄티
타다파니 (2630)
지누단다 (1780)
간드룩 (1940)
(1960) 울레리
(1540) 티게둥가
김체 (1640)
(1430) 힐레
(1070) 나야풀

#기억

새벽부터 안나푸르나, 마차푸차레, 히운출리와 인사를 하기 위해 롯지 옥상에 올라갔다. 동이 트기 전이지만 안나푸르나와 히운출리, 마차푸차레는 실루엣을 통해 항상 그 자리에 그대로 웅장하게 있음을 나타내고 있었다. 히말라야에 온 이후 새벽빛을 받아 설산이 주황빛으로 물들어 가는 모습을 자주 봤지만 오늘은 그 모습을 처음 보는 것 같은 기분으로 감동의 끝자락을 부여잡고 있었다.

자주 본 것을 처음처럼 느낄 수 있는 것은 안나푸르나의 매력을 넘어 마력이다. 안나푸르나는 같은 모습으로 사람들을 대하지 않는다. 너희도 같은 모습, 같은 마음으로 나를 대하지 말라는 풍요의 여신인 안나푸르나의 목소리가 들리는 것 같다.

아름다운 히말라야의 안나푸르나와 마차푸차레를 가까이서 볼 수 있는 것이 마지막이라고 생각하니 많이 아쉽다. 마음속에 갇혀 있었던 서운한 마음이 뛰쳐나와 갈피를 잡지 못하고 우왕좌왕하고 있었다.

간드룩 마을이 내려다보이는 롯지 옥상에서 새벽빛이 어슴푸레 비치는 마을과 설산을 바라보며 지난 트레킹 일정을 더듬어 봤다. 내리막길과 오르막길이 반복되는 끔찍할 수 있지만 꿈만 같은 일정 속에 만난 사람들과 보았던 것들 그리고 알았던 것들이 퍼즐처럼 순서 없이 떠오른다. 즐거운 기억이 떠오르는 순간 살며시 입가에 미소가 그려진다.

멀리 시누와가 아침 햇살을 받으며 그 모습을 조금씩 드러내고 있다. 조금만 걸어가면 닿을 듯이 보이지만 그렇게 빨리 쉽게 갈 수 있는 곳이 아니다. 이런 점이 안나푸르나 트레킹의 매력인 거 같다. 그곳에 가려고 하면 굽이굽이 보이는 계곡을 힘들게 오르고 내려가기를 반복해야만 그곳의 아름다움을 볼 수 있고 닿을 수 있는 점 말이다.

액자 속에 담긴 안나푸르나

세상에서 가장 아름다울 수 있는 모습을 드러낸 설산들과 마지막 인사를 나눈 후 식당으로 내려왔다. 식당 창의 프레임을 통해 안나푸르나와 히운출리, 마차푸차레와 다시 인사를 한다. 이 식당에는 액자를 걸 필요가 없다. 식당 창틀이 액자이고 그 곳에 담겨지는 풍경은 값어치를 헤아릴 수 없을 정도로 아름답기 때문이다. 창틀 액자 속의 안나푸르나는 내 발걸음을 잡아두고 싶은 지 계속 모습을 바꾸며 교태를 부린다. 고개를 돌려 식당 내부를 향해도 방금 보았던 안나푸르나의 모습이 방향을 바꿔 따라온 듯 환영이 보인다.

예전에 트랜스포머란 영화를 본 후에 길거리에 지나가는 차들이 전부 로봇으로 변신할지 모른다는 생각을 한 적이 있었다. 지금 내 심리 상태가 그와 비슷한 거 같다. 사방이 전부 안나푸르나로 보인다. 아마 집으로 돌아가서 눈 덮인 북한산을 바라보며 안나푸르나를 생각할는지도 모르겠다.

웰컴 그리고 땡큐

하산할 짐들을 챙겨 간드룩의 마을길로 나섰다. 멈춰 서서 뒤를 돌아보며 카메라에 히말라야를 담았다. 간간히 아름다운 풍경을 가로지르는 전깃줄이 보인다. 전깃줄은 안나푸르나 근처까지 문명이 다가갔음을 알리는 전령사 역할을 했다. 문명의 전령사가 그리 달갑게만 느껴지지 않았다. 전령사가 사진 속의 안나푸르나를 두 동

강 내고 있었다.

뒤를 돌아보며 아쉬움을 조금 더디게 만들었지만 금세 시간은 흘러 'Thank you visit'이라는 헤어짐을 알리는 문 앞에 도착했다. 이제 문명과 히말라야의 경계를 넘어 문명 속으로 향하는 것인가? 이곳 히말라야와 마지막 인사인 'Thank you visit' 뒷면에는 'Welcome'이 적혀 있다. 웰컴과 땡큐는 시멘트 하나를 사이에 두고 있었다. 환영의 인사와 작별의 인사가 동전의 양면처럼 가까이 있었다. 되돌아보니 내가 걸어온 시간들도 동전의 양면처럼 아주 가까이 있었다. 지난 10일 간 히말라야와의 만남과 이별도 이렇게 짧은 순간이었던 거 같다. 조금 더 생각을 멀리 보내보면 삶과 죽음도 이런 차이일 것이다.

간드룩과 마지막 인사를 뒤로하고 조금 내려오자 어제 간드룩 학교에서 봤던 교복을 입은 아이들이 잰 걸음으로 계단을 올라가는 것이 보인다. 다들 어제 들렀던 학교로 등교하는 길인 것처럼 보인다.

어디서 오는 걸까? 김체에서 오는 걸까? 아님 더 멀리서 오는 걸까? 김체에서 간드룩까지는 일반적인 트레커의 걸음으로 약 1시간 30분에서 2시간 정도 걸린다고 한다. 학교는 10시에 시작해서 4시에 끝난다고 했다. 해가 뜬 후에 부지런히 출발해서 학교에 가고, 해가 지기 전에 부지런히 집으로 돌아가야 하는 아이들의 모습에서 히말라야의 생명력이 느껴진다. 작은 체구에 큰 교복이 잘 어울리지 않는 남학생 둘이 산길을 씩씩하게 오르고 있었다. 가뿐히 계단을 오르는 아이들의 뒷모습을 나도 모르게 멈춰 서 바라보고 있었다.

히말라야의 당나귀

조금 더 걷자 벽돌을 실어 나르는 당나귀들과 마주쳤다. 첫날부터 자주 마주쳤던 당나귀들이었지만 오늘은 조금 다른 느낌이다. 시누와부터 A.B.C까지는 사람이 짐을 지고 오르기 때문에 당나귀를 며칠 보지 못했기 때문인 것 같다.

등에 무거운 벽돌을 지고서 맨 나중에 뒤쳐져서 힘겹게 올라가는 한 마리의 당나귀를 보며 연민이 느껴진다. 당나귀를 모는 주인의 따가운 눈총을 받으며 때론 채찍을 맞으며 아주 힘겹게 산을 오르고 있었다.

그리스신화에 나오는 시시포스가 벌을 받아 매일 산꼭대기까지 돌을 굴려 올리는 작업을 반복하듯이 히말라야의 당나귀들도 어떤 원죄가 있기에 매일 무거운 짐을 지고 산을 오르내리는 걸까?

문명에 사는 우리네 삶도 히말라야의 당나귀와 별반 다르지 않을 거 같다. 다만 타인에 의해 힘든 노동을 하는 것이 아니라 스스로가 자신에게 채찍을 가하며 힘든 노동을 한다는 차이가 있지만. 당나귀의 행렬이 아름다워 보이는 것은 야근 때문에 불 밝힌 서울의 야경이 아름다운 것과 비슷하다고 할까.

벽돌이 힘에 겨워 뒤처진 히말라야 당나귀

어느새 문명 

저 멀리 김체가 보인다. 버스, 택시, 짚이 보인다. 아직도 고도가 꽤 높은 것 같은데 문명의 소산물들이 보인다. 김체 입구에 들어서자 나야풀과 포카라까지 가는 버스 시간표가 보인다. 시간을 보니 포카라까지 3시간이나 걸리는 것으로 나와 있다. 포장이 잘된 도로로 주행하면 3시간 거리는 아닐 것이다. 개발 본능과 기술이 있는

김체 마을의 모습

우리나라 같으면 산과 산 사이에 터널을 뚫고 고속도로를 뚫어 순식간에 이르도록 만들고도 남았을 것이다.

포카라까지 가기 위해서는 짚으로 김체에서 나야풀에 이르는 오프로드 구간을 내려가 나야풀에서 포카라까지 1.5차선의 포장하다가 만 것 같은 길을 아슬아슬하게 운행해 2시간 이상 가야한다고 한다. 버스보다 1시간 정도 시간이 덜 걸린다. 김체에 주차되어 있는 버스의 특이한 점은 트럭처럼 튼튼하게 생겼다는 것이다. 바퀴도 트럭에나 사용하는 것과 비슷한 것을 사용하고 있었으며 외관은 병력을 실어 나르는 군용 장갑차와 비슷하단 느낌을 받았다.

피곤하고 지친 몸이라 버스보다는 짚을 타기로 했다. 산길이라 짚이 더 안전하고 편할 거라는 생각이 들었기 때문이다. 원래 계획에도 하산하는 길에 짚을 이용하기로 마음먹은 터라 그리 오래 고민하지는 않았다.

김체에서 나야풀로 향하는 비포장도로에서 어제 롯지에서 봤던 중국인 청년을 봤다. 그 청년은 첫날 힐레에서도 봤던 청년이다. 먼지가 날리는 비포장 산길을 트레커와 가이드가 조금 떨어져서 걷고 있었다. 서로 각자의 길을 걷는 것처럼 보일 정도의 거리를 두면서 걷고 있었다.

이곳 히말라야에는 혼자 온 사람들이 많다. 이곳에 같이 오려고 하면 체력적인 것이나 안나푸르나를 감상하는 방법 등 다양한 면에서 서로 잘 맞아야 할 거 같다. 그렇지 않으면 이 고행과 기쁨의 감정을 오랜 시간 함께 하지 못할 것이다. 그런 이유에서인지 이곳

차에서 바라본 마차푸차레

히말라야에는 혼자 길을 걷는 사람들이 많이 보인다.

김체에서 나야풀로 가는 비포장도로는 비레탄티에서 힐레까지 가는 길과는 달리 짚만 다닐 수 있는 곳은 아니었다. 거대한 트럭과 투어리스트 버스와 택시도 이 좁고 울퉁불퉁한 길을 심하게 요동치며 운행하고 있었다. 간혹 올라가는 버스와 마주칠 때 내가 탄 짚이 절벽 바깥쪽으로 우회하는 경우 엄청난 두려움이 밀려왔다. 저 절벽 아래로 차가 떨어지는 것은 아닐까? 행여 교행 하는 버스가 짚을 살짝 건드리기라도 한다면 어떻게 될까? 내려가는 길에는 문명으로 돌아온 걸 실감하게 됐다. 그 이유는 트레킹 내내 걱정하지 않았던 교통사고에 대해 걱정하고 있었기 때문이다.

수료

오프로드가 끝날 무렵 나타난 마을은 비레탄티다. 이곳은 내가 무사히 트레킹을 마치고 나가는 사실을 알려줘야 하는 체크포스트가 있는 곳이다. 안루푸르나 보존지역에 입산을 허가하는 퍼밋에 무사히 나간다는 도장을 찍고, 다시 짚에 올라 나야풀로 향했다.

트레킹 내내 먼이 가지고 있던 퍼밋이 내 손에 들어왔다. 안나푸르나 보존지역의 트레킹을 무사히 마친 수료증 같은 것이었다. 평생 간직해야하는 훈장처럼 느껴져 고이 내 품에 넣어 두었다.

팀스 체크 포스트의 여유로운 모습

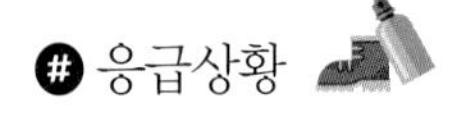

응급상황

김체에서 나야풀까지의 오프로드 운행을 마치고 나야풀부터 포카라까지 이어지는 1.5차선 포장도로로 접어들었다. 포카라로 향하면서 우리나라 경차에 해당하는 택시의 위태위태한 주행을 보고 택시를 타지 않고 짚을 탄 것이 다행이라는 생각이 들었다.

얼마간 달렸을까? 길가에 정차되어 있는 버스가 보였다. 갑자기 버스에서 내린 남자가 위험하게 짚 앞을 막은 후 이머전시 상황이라고 연거푸 외치는 것이었다. 갑작스러운 상황이 어떤 건지 이해하지 못하는 사이에 먼과 짚 기사, 길가에 어떤 남자는 알아들을 수 없는 네팔 말로 소리 높여 대화를 했다. 잠시 후 기사는 약간 상기된 표정으로 대화를 마무리한 채 짚에 기어를 넣고 지금 벌어지는 일은 우리와 관계없는 일이라는 듯이 그냥 출발하려고 하는 것이다. 이건 아니다 싶어 먼에게 이머전시 상황이 무엇인지 모르겠지만 그들을 도와주자고 했다.

이머전시 상황은 젊은 아기 엄마가 열이 나는 어린 아이 때문에 빨리 병원에 가야하는 상황이었다. 아이는 울고 있고 열이 많이 나는 상황이었다. 일단 짚에 그들을 태웠다. 아이는 고통스러운 듯이 울고 있었다. 나는 물티슈를 꺼내 어린 아기의 머리를 닦아 줬다. 내가 닦는 것보다 엄마가 닦아 주는 것이 나을 거 같아 물티슈를 여자에게 건네주었다. 울어대던 아기는 엄마가 젖을 물려주자 조금 후 안정을 취했다.

뜻하지 않게 아픈 아기와 포카라까지 동행했다. 동행의 급박한 상황으로 인해 마음 졸이며 포카라로 향했다. 올 때는 1시간 정도 운행을 하고 도로 옆에 단독 주택 같은 휴게소에서 쉬었는데 아픈 아기의 상태로 인해 쉬지 않고 달려 왔다. 포카라에 도착한 후 여자와 아이를 병원에 데려다 주어야한다고 생각했는데 여자는 자신의 가족이 데리러 오기로 했다고 하며 포카라 레이크 사이드에 조금 못 미친 길 가에 내려 주길 원했다. 2시간여에 걸친 긴박한 상황 속에 포카라로 돌아왔다.

걱정과 배려

포카라에 도착한 후 먼과의 헤어짐이 너무 아쉬워 사진도 찍고, 여러 번의 이별 의식을 한 후 헤어졌다. 참! 먼의 아들이 앵그리버드 그림이 있는 티셔츠를 좋아한다고 해서 레이크 사이드에 차를 세워 티셔츠를 사 주려고 했는데 응급 상황 때문에 깜빡해서 티셔츠를 사 주라고 약간의 사례를 했다. 산에서 그와 좋은 인연이 아주 짧은 순간에 헤어짐으로 변해 버렸다. 일생에 그와 함께 한 시간들을 기억 속에 영원히 간직한 채.

먼과 헤어진 후, 한국 식당에서 이제 막 트레킹을 준비하려는 한국 사람들을 만났다. 그들은 나에게 A.B.C의 현재 상황에 대해서도 묻고, 고산 증세에 대해서도 물었다.

"지금 A.B.C에 눈이 많다던데 올라갈 수 있어요?"

"혹시 고산 증세가 와서 올라가는데 힘들지 않으셨어요?"

질문을 마구 쏟아냈다.

트레킹을 마친 나에게는 지나고 나니까 아무 것도 아닌 거 같은데 이제 막 트레킹을 시작하려고 하는 사람들에게는 미지의 그곳이 동경과 두려움의 대상이었다. 생각해 보니까 나도 산에 올라가기 전에 그들과 똑같은 종류의 걱정과 동경 그리고 미지의 세계에 대한 두려움을 가지고 있었다. 그들에게 A.B.C가 평생에 잊지 못할 아름다움을 줄 수 있을 거라는 긍정의 메시지와 함께 아름다움을 감상하기 위해서 아이젠이 꼭 있어야 한다는 매우 중요한 팁을 이야기해 줬다. 그리고 며칠 먼저 올라갔다가 내려온 사람이 조금 뒤에 올라가는 사람들에게 도움이 되었으면 하는 배려의 마음을 담아 산에 올라가면서 준비했던 비상약들을 전달했다.

포카라의 공기

포카라 시내에 잠시 멈춰 시내 건물들 너머로 보이는 안나푸르나를 바라봤다. 도시의 건물 사이에 보이는 만년설의 안나푸르나는 회색 빛 도시에 밝음이라는 엄청난 선물을 주고 있었다. 포카라의 회색빛 건물들이 안나푸르나의 하얀 빛 때문에 도시라는 삭막함을 표현하지 못하고 있었다. 뿐만 아니라 안나푸르나에서 뿜어내는 신선한 공기가 도시 전체를 휘감아 돌고 있어, 카트만두와는 비교도 안 될 만큼 상쾌한 공기가 도시 전체를 지배하고 있었다.

안나푸르나가 병풍인 포카라 거리

1월임에도 불구하고 따뜻하고 훈훈하고 상쾌한 포카라의 공기를 호흡하며 하얀 설산의 모습을 바라보는 것이란 즐거운 일상이었다. 포카라의 날씨는 우리나라의 따뜻한 가을 날씨와 비슷하다. 가벼운 니트 하나 정도로 거리를 활보할 수 있을 정도다. 포카라의 건물 너머로 보이는 만년설의 안나푸르나는 영하의 쌀쌀한 날씨인데 이곳은 여름에서 가을로 건너가는 즈음의 온도다.

이곳 사람들은 매일같이 저 아름다운 만년설의 산을 바라보며 어떤 생각을 할까? 그냥 일상이기에 별 신경 쓰지도 않고 특별히 아름답게 느껴지지도 않을까? 하지만 일생에 한번 그 모습을 보러 이곳에 온 나에게는 아주 특별했다. 가까이서 마주하고 온 안나푸르나지만 또 다른 모습이었다.

페와 호수

숙소로 향하는 길에 호숫가에서 아이들이 머리를 감고 몸을 씻는 모습이 보인다. 이곳 포카라의 페와 호수가 아이들에게 목욕탕 역할을 하고 있었다. 어릴 때 시골에 가서 멱을 감는다는 말을 처음 들었다. 페와 호수에서 멱을 감는 아이를 보며 잠시 과거로 돌아갈 수 있었다.

페와 호수 근처에 있는 숙소 앞에는 아름다운 페와 호수가 있고, 저 멀리 사랑콧에서는 수많은 패러글라이더가 하늘을 수놓고, 독수리가 날아다니고, 호수 위에는 안나푸르나의 하얀 그림자가 드리워

환한 모습으로 웃음 짓고 있다.

저 너머 안나푸르나의 아름다운 봉우리가 쉬고 있는 나를 굽어보며 자신에게 다녀간 것에 대한 추억을 속삭이고 있었다. 네팔 하늘의 따스한 햇살이 목덜미에 내려앉아 안마를 해 주며 안나푸르나에 다녀간 것을 위로해 주고 있다.

산에서 내려온 날 첫 번째 저녁은 한국 식당에서 사온 김밥과 뽀글이 라면으로 해결했다. 이곳에서 사온 김밥은 한국에서 파는 싸구려 김밥의 맛조차도 재현하지 못했지만 2주간의 여정을 마무리하며 접하는 한국 음식은 그 무엇보다도 최고였다. 외국에서 먹는 한국 음식은 목 어딘가를 막고 있는 장애물을 제거하는 것 같은 느낌이었다.

여기서 그 한국의 느낌을 더할 수 있는 것이 있었는데 바로 신라면이다. 내려오는 길에 촘롱에서 사온 두 개의 신라면 중에 한 개를 이곳에서 뽀글이로 만들었다. 웬 뽀글이냐고 할지 모르겠지만 비싼 돈을 내고도 쌓을 수 없는 추억을 만들 수 있기에 뽀글이를 선택했다.

포카라의 샘물 페와 호수

기억을 저장하다

자리에 누워 히말라야의 안나푸르나를 걸어온 지난 일정들을 생각해 봤다.

갑자기 섬광처럼 기억에 떠오르는 것이 있다. 인포메이션 맵이다. 걷는 내내 롯지에 도착하면 가장 먼저 살폈던 것이었고, 올라가는 사람에게는 미지의 세계에 대한 안내를 해 주고, 내려오는 사람에게는 자신이 걸어 왔던 길에 대한 회상을 하게 해 주는 역할을 하고 있었다.

안나푸르나의 인포메이션 맵은 현재 위치에서 다음 위치까지 얼마의 시간이 걸리는 지에 대해 알려 주고 있었다. 따라서 자신의 일정을 가늠해 볼 수 있는 길라잡이 역할도 하고 있었다. 자리에서 일어나 사진으로 담아 놓은 인포메이션 맵을 보고 지난 여행의 추억을 더듬어 보았다.

노트북에 여행 동안 찍었던 사진들을 하나하나 옮기면서 이곳 네팔을 떠나기 전에 트레킹 내내 있었던 기억을 저장하는 작업을 했다.

이 땅을 떠나면 내 기억에서 없어져 버릴 것 같은 느낌이 들었기 때문이다. 그래서 사진 한 장 한 장 다시 살피면서 조심조심 아름다운 기억을 머릿속에 넣어 두었다.

처음 걷기 시작하던 날의 기억조차도 내가 기억하고 있는 것이 맞는지 헷갈리는 순간도 있었다. 기억을 차곡차곡 정리하면서 밤이 깊어가는 줄도 모르고 이젠 추억으로 변해버린 사진 속으로 빠져 들어갔다.

기억하다 1일차

기억하다 2일차

기억하다 3일차

기억하다 4일차

Part

3

다시 떠나기 위해 돌아오는 길

안나푸르나 트레킹 10일의 기록

Annapurna trekking

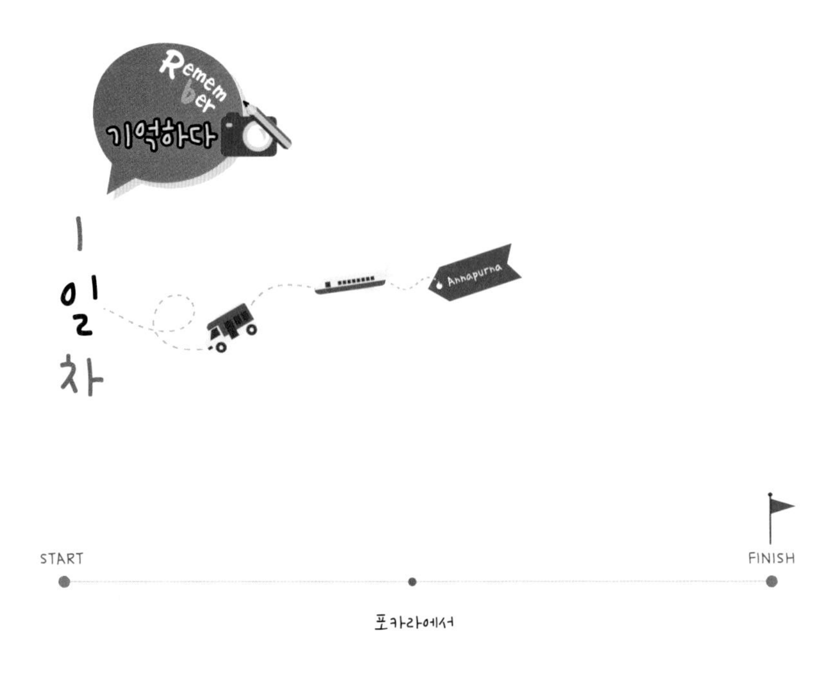

호수에 비친 여신

포카라에서 첫 번째 아침은 호수의 신선한 공기와 함께 맞이했다. 카트만두의 매캐한 매연과는 전혀 다른 공기였다. 히말라야에서 내려온 물을 머금은 포카라의 페와 호수를 옆에 끼고 있는 곳이기에 더욱 깨끗했다.

트레킹 내내 당일 트레킹 일정에 필요한 준비물을 챙기느라 일찍 일어나 짐을 점검하는 일상을 보냈다. 하지만 이곳 포카라에서는 조금 여유와 늦장을 부릴 수 있었다.

핫 샤워를 마음껏 만끽하고, 여유롭게 산책을 하면서 페와 호수의 아침을 온 몸으로 느꼈다. 안나푸르나를 배경으로 사진을 찍는 사람, 화단에 놓인 의자에 앉아서 아침 햇살과 함께 글을 쓰는 사람, 편히 앉아서 책을 읽는 사람들도 있었다.

그들의 모습을 보는 것만으로도 여유와 행복을 느낄 수 있었다. 여행이 거의 끝나갈 무렵 느끼는 건데 나의 행복이 다른 사람의 모습을 보는 것에서도 찾아올 수 있다는 것을 알았다. 말로 소통하지 않은 사람들, 어떠한 인간관계도 맺지 않은 사람들, 그런 사람들에게서 말이다. 히말라야를 걷는 사람들에게서도 행복을 느꼈고, 편안하게 차를 마시는 사람들에게서도 느낄 수 있었다. 실례가 되는 줄 알았지만 흘끔흘끔 그들의 여유를 훔쳐보며 행복한 마음을 느꼈다.

히말라야의 만년설이 흘러들어 생겼다는 페와 호수가 더 없이 맑고 잔잔했다. 가끔 호수 위로 한 때의 새 무리들이 날아가면 잔잔한 호수 위에 새들의 그림자로 물결이 출렁거렸다. 호수가 뿜어내는 신선한 공기뿐만 아니라 호수 속에 잠겨 있는 안나푸르나와 마차푸차레의 모습은 감탄사를 연발하기에 충분히 아름다운 풍경이었다.

카메라에 담았더니 잔잔한 물결에 움직이던 안나푸르나가 잠시 멈춰버렸다. 저 멀리 마차푸차레와 안나푸르나 사우스, 히운출리, 람중히말이 호수에 그대로 풍덩 잠겨서 물결 따라 움직인다.

저 멀리 안나푸르나가 어떻게 페와 호수에 잠길 수 있을까? 물리적인 거리 계산으로 이해가 되지 않는다. 페와 호수 또한 히말라야가 호수를 이룰 수 있는 근원인 물을 제공했기에 히말라야를 품에 안을 수 있는 것이 아닐까?

페와 호수에 빠진 마차푸차레와 안나푸르나

만약 페와 호수에 잠긴 히말라야를 보지 못했다면, 이곳 네팔 트레킹의 아름다운 마지막을 장식할 수 없었을 것이다.

레이크 사이드

점심때가 다 되어서야 레이크 사이드 거리로 나갔다. 오늘 계획은 스쿠터를 빌려 데비스 폴과 마힌드라 동굴에 가는 것이다.

레이크 사이드 풍경

무작정 포카라의 레이크 사이드를 걸었다. 조금 걷자 큰 나무 아래에 스쿠터를 대여할 수 있는 곳들이 보였다. 스쿠터 렌탈 비용은 대략 반나절에 800루피라고 한다. 가격이나 스쿠터의 상태가 마음에 들지 않은 건 아니었지만 갑자기 머나먼 이국에서 스쿠터를 타다가 생길 만약의 상황이 걱정돼 스쿠터를 빌리지 않기로 마음을 바꿨다.

렌탈 직원은 가격이 맞지 않아 빌리지 않는 줄 알고 계속 쫓아오면서 흥정을 시도했다. 내가 빌릴 의사가 없다고 고개를 흔들자 다시 새 스쿠터를 가지고 와서 이거면 어떻겠냐고 끈질긴 흥정을 시도했다. 계속 괜찮다고 했는데도 레이크 사이드를 걷는 내내 포기하지 않고 흥정을 시도했다. 혹하는 마음도 있었지만 이국땅에서 괜히 스쿠터를 빌려 곤란한 일을 겪지 말아야지 하는 생각이 더 지배적이라 결심은 확고해졌다.

목적지 없이 이곳저곳을 거닐었다. 따뜻한 햇살을 받은 페와 호수는 반짝반짝 물위에 다이아몬드가 떠다니는 것처럼 빛나고, 호수 북쪽으로 보이는 사랑콧에서는 패러글라이딩을 하는

약 사요. 약 사~

사람들의 낙하산이 점처럼 상공을 날고 있었다. 호수에 가까이 다가가 반짝임을 자랑하는 호수의 속살을 들여다보았다. 괜히 봤다. 생각처럼 맑지 않았다. 호수 안에 방치된 조각배와 돌 사이에 낀 이끼 때문에 깨끗하다는 느낌을 받지 못했다. 차라리 가까이서 보지 않았더라면 왜곡된 기억이라도 좋은 느낌을 간직했을 텐데.

따뜻한 햇살을 맞으며 페와 호수 주변을 거닐었다. 어릴 적 영등포 시장이나 영등포역 주변에서 보았던 약장수 비슷한 사람이 사람들을 모아 놓고

"애들은 가, 애들은 가라"

하며 장사하던 모습과 비슷한 모습이 이곳 페와 호수 주변에서 벌어지고 있었다. 젊은 청년인 약장수는 사람들을 모아놓고 빠른 손동작으로 마술을 하며 사람들을 현혹하여 흥미를 유발한 후 자신이 가지고 온 연고 같은 약을 팔고 있었다. 나도 모르게 그곳에서 1980년대로 향하는 타임머신을 타고 이동해 그의 손동작에 집중하고 있었다.

약장수의 흥미로운 손놀림에서 빠져나와 발걸음을 돌려 호수 주변 뚝방 길을 걸었다. 호수 가운데 있는 작은 섬 안에 사원 비슷한 게 하나 보였다. 바라히(Barahi) 힌두교 사원이다. 포카라에 가기 전에 조사한 정보에 의하면 절경인 곳이라고 설명되어 있었다. 막상 가까이서 보니까 그런 찬사를 받을 만한 곳은 아니었다. 호수를 건너가려는 사람들로 북적북적 거렸는데 막상 호수를 건너가 바라히

사원 가까이 다가가 둘러보고 싶은 생각이 들지는 않았다.

안나푸르나 트레킹을 하고 온 터라 가장 네팔스러운 것은 저 멀리 보이는 안나푸르나와 마차푸차레의 하얀 설산이란 생각밖에 들지 않았기 때문이기도 했다.

페와 호수 주변을 거닌 후 다시 레이크 사이드 거리로 나왔다. 레이크사이드 거리에서 가방에 붙일 수 있는 네팔 국기와 안나푸르나의 모습을 담은 엽서를 샀다. 정말 오래간만에 엽서란 걸 사 봤다. 예전에 친구들끼리 엽서를 보내기도 하고, 외국에서 파는 엽서를 수집하기도 했는데, 이제는 엽서라는 간이 우편물을 보내지도 않을 뿐더러 사지도 않는다. 결국 엽서를 산 게 아니라 엽서 속에 아름다운 안나푸르나 사진을 산 꼴이 됐다. 길거리 허름한 가게에서 산 엽서지만 후에 안나푸르나를 영원히 두고두고 기념할 수 있는 물건이 되었다.

데비스 폴 & 마힌드라 동굴

생각 없이 거닐며 포카라의 레이크 사이드를 둘러 본 후 오후 3시즈음에 포카라 인근에 있는 데비스 폴과 마힌드라 동굴에 가 보려고 택시를 잡았다. 800루피면 데비스 폴과 마힌드라 동굴을 감상하고 나올 동안에 기다렸다가 다시 포카라로 오는 왕복 서비스가 가능하다고 한다.

데비스 폴과 마힌드라 동굴은 네팔의 포카라가 자랑하는 관광지

땅 아래로 떨어지는 데비스 폴

데비스 폴과 마힌드라 동굴의 만남

인 만큼 큰 기대를 가지고 입장했다. 하산 마지막 날에 먼이 추천한 관광지이기도 했다.

데비스 폴 입구에 들어서자마자 엄청난 실망감이 밀려들었다. 입구에 하얀 시멘트로 만들어 놓은 히말라야 산맥 모형은 그 구조물이 히말라야를 상징하는지 조차도 유심히 봐야할 정도로 볼품이 없었다. 땅 밑으로 물이 향하는 폭포인데 물이 거의 없어 폭포라고 하기에는 너무 빈약해 큰 감동이 없었다. 뿐만 아니라 주변은 쓰레기가 어지럽게 흩어져 있어서 산만한 분위기였다.

기대가 너무 컸던 것일까? 여러 가지로 지친 나에게 데비스 폴은 그리 좋은 인상을 주는 곳은 아니었다. 다만 땅 아래로 떨어지는 폭포라 신기하다고들 했는데 그것 또한 폭포가 주는 웅장함이나 신령스러움과는 거리가 멀어 보였다.

데비스 폴을 둘러 본 후 실망감을 안고 길 건너에 있는 마힌드라 동굴로 향했다. 달팽이관처럼 된 계단식 통로를 내려가면 동굴 입구로 들어갈 수 있다. 동굴 내부는 우리나라 여느 동굴과 비슷했다. 다만 동굴 끝에 가서야 특이한 부분을 발견할 수 있었다. 동굴 끝 부분을 자세히 살펴보니 밝게 빛이 들어오는 부분에서 물이 떨어지고 있었다. 자세히 살펴보니 조금 전에 길 건너편에 있던 데비스 폴에서 물이 떨어지는 모습이다. 마힌드라 동굴의 깊은 끝은 데비스 폴과 연결돼 있어서, 데비스 폴에서 떨어지는 물이 마힌드라 동굴 내부를 흐르고 있었던 것이다. 결국 두 장소는 하나로 연결된 곳이었다.

데비스 폴 입구의 히말라야 모형

별 느낌을 받지 못하고 있다가, 두 개의 장소가 하나로 연결되어 있다는 것에 지금까지의 부정적인 감정이 감동으로 바뀌었다. 순간 이곳을 방문하는 많은 사람들이 이런 동굴의 신비를 알고 있는지 의문이 들었다. 안내서를 제대로 읽지 못한 어리석은 여행자가 남들이 다 아는 것을 혼자만 발견한 것처럼 흥분한 건 아닌지 잠시 의심이 들었다.

어두운 동굴 안에서 흐르는 물소리를 통해 여행의 기쁨을 느끼고, 천천히 조심조심 걸어 동굴 밖으로 나오자 어느덧 해가 뉘엿뉘엿 넘어가고 있었다. 택시 기사를 찾으려고 주변을 두리번거리자 나보다 먼저 나를 찾고 있었다는 듯이 손짓을 한다. 그는 데비스 폴과 마힌드라 동굴에서 내가 꽤 괜찮은 체험을 하고 나왔을 거라는

마힌드라 동굴로 내려가는 길

확신에 차 있는 듯 했고, 연이어 내일은 사랑콧에 가보는 것이 어떻겠냐고 추천을 했다. 그래서 난 A.B.C트레킹을 하고 열흘 만에 내려 온 터라 사랑콧에 굳이 가지 않아도 된다고 답했다. 그랬더니 A.B.C까지 갔다 왔냐고 하며 대단하다고 날 치켜세웠다.

우리가 제주도의 한라산 정상에 올라가는 일이 아주 특별한 일이듯이 이곳 사람들에게도 A.B.C는 아주 특별한 곳인 것 같았다.

핸드드립 커피

택시에서 내려 레이크 사이드의 으슴푸레한 불빛을 배경으로 거리를 거닐었다. 밤이 되자 포카라의 날씨는 급격히 쌀쌀해 졌다. 추위를 조금 녹이고 싶은 마음이 간절하던 차에 히말라야 커피를 팔고 있다는 광고판을 걸고 있는 커피 전문점이 눈에 들어왔다. 몸도 녹일 겸 진한 커피향도 느낄 겸 그곳에 들어갔다.

메뉴판을 보다가 희한한 점에 눈이 띤다. 사람이 직접 내리는 핸드 드립 커피가 머신을 이용하여 내리는 커피보다 싼 가격에 팔리고 있는 것이었다. 우리나라에서는 사람이 직접 내리는 커피가 더 비싼데 이곳에서는 기계로 내리는 커피가 더 비쌌다. 아마도 인건비가 낮아서 나타나는 현상인 것 같다. 사람이 내린 커피가 훨씬 정성도 있고 맛도 좋고, 비싸다는 편견이 깨지는 순간이었다. 커피 한 잔은 잠시 지난날을 생각할 수 있는 여유를 제공했다.

사소한 감사

저녁을 먹지 않고 이곳저곳 돌아다닌 탓에 제 때에 식사를 하지 못해 매우 허기졌다. 롯지 식당 영업시간이 9시까지라고 한다. 30분 정도의 시간이 남았지만 나의 눈빛이 불쌍해 보였는지 식사가 가능하다고 한다. 배가 고파도 우아하게 밤풍경이 잘 보이는 곳에 자리를 잡고 앉았다. 그리고 배가 고프지 않은 듯이 여유 있게 주문을 했다. 롯지 직원에게 사람들이 가장 선호하고 좋아하는 음식이 무엇인지 물었다. 직원이 몇 가지를 추천해 주었다. 그의 친절한 안내를 최대한 예의바른 자세로 경청했다. 그의 추천 메뉴를 듣고, 잠시 생각해 보니 이곳에 와서 생선 요리를 먹은 적이 없었다. 그래서 생선 요리 중에 많은 사람들이 선호하는 음식이 무엇인지 물었다.

직원은 아주 친절하게 천천히 송어(Trout) 요리를 추천했다. 부드러운 어조로 히말라야의 깨끗한 물에서 자라는 송어에 대해 자세히 설명한 탓에 깊은 감동을 받아 그가 추천한 요리를 즐거운 마음으로 주문했다.

9시가 다 돼서야 주문한 요리가 나왔다. 요리를 추천해 준 직원은 내 옆에서 요리에 대해 자세하게 설명을 해 주며 친구가 되어 주었다. 내가 불편해 하지 않는 범위에서 나에게 도움을 주었다. 물론 세계 어느 호텔이든 직원들은 친절하다. 하지만 이곳 네팔에서는 특별히 그들의 온화한 미소와 낙천적인 성격이 묻어 있는 환대를 경험할 수 있었다. 많은 사람들이 네팔에 여러 번 방문하는 이유가 아름다운 히말라야의 설산들과 네팔 사람들의 품성에 반했기 때문이라고 한다. 나도 그들의 말에 이제 동의할 수 있었다.

밤이라 저 멀리 안나푸르나가 실루엣으로 보이지만 낮에 봤던 설산의 모습이 오버랩 되어 하얀색으로 보이는 환영에 사로잡혔다. 이 즐거운 환영은 이곳에 온 이후 내내 나를 쫓아 다녔다. 밤풍경을 응시하며 이곳 안나푸르나와 포카라의 모든 것이 가슴속에 가득한 행복을 안겨 주기에 충분하단 생각이 들었다. 해마다 이곳에 올 수 있다면 적어도 행복을 찾으러 헤매지는 않아도 될 거 같았다.

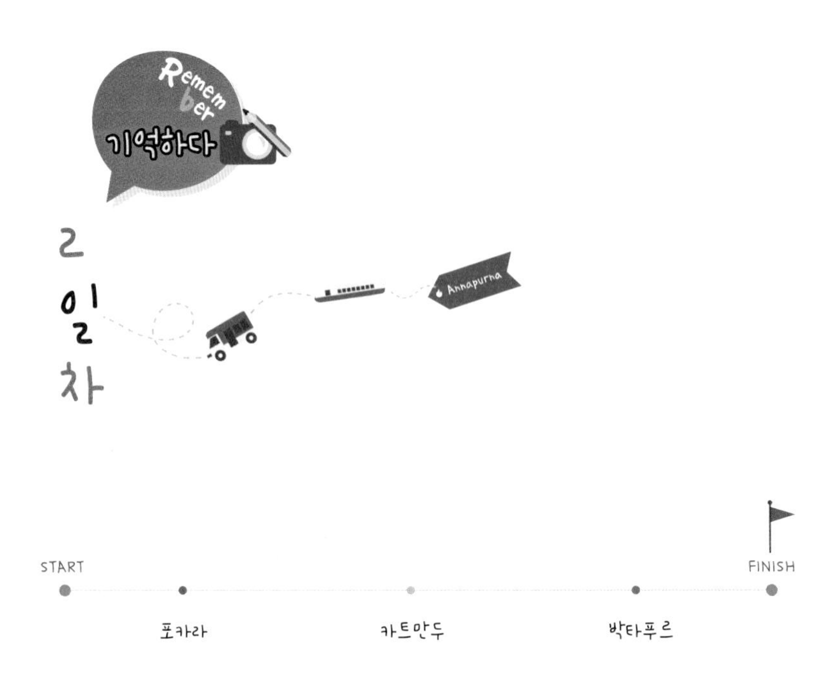

질리지 않는 건

아름다운 호수의 도시 포카라를 떠나는 날이다. 아침에 일어나자마자 문을 열고 밖으로 나갔다. 여전히 그 자리에 또 다른 모습을 하고 있는 안나푸르나, 히운출리, 마차푸차레가 사랑콧 너머로 보인다. 안개인지 구름인지 뿌옇게 흐린 무엇들 너머로 그 모습을 드러냈다 감추었다 한다.

포카라에 처음 도착한 날 공항에서 바라본 마차푸차레는 너무나도 선명하게 보였는데 어제와 오늘은 도착한 날처럼 선명하게 마차푸차레가 보이질 않았다. 포카라에 처음 도착한 날, 내가 너무 흥분한 상태여서 마차푸차레와 안나푸르나를 선명하게 느낀 건 아닌지 즉 착각한 건 아닌지 도착한 날 사진을 찾아서 다시 봤다.

내가 기억하고 느낀 것만큼 선명하지는 않았지만 날이 좋았던 것만은 틀림없었다. 사진 속의 마차푸차레는 내가 포카라에 도착한 날 아주 선명한 모습으로 맞이해 주고 있었다.

2주 동안 바라봤던 안나푸르나가 질리지 않는 건 왜일까? 많은 사람들이 안나푸르나와 에베레스트, 마차푸차레 등 히말라야의 설산에 매료되는 것은 무엇일까? 여행이 끝나갈 무렵 네팔 아니 정확하게 히말라야의 매력에 빠져 다시 이곳에 오고 싶은 생각이 들었다.

이젠 안녕

어제 데비스 폴에 가면서 탔던 엔진과 차체만 간신히 조합되어 있는 일본제 경차가 아닌 대한민국 브랜드(i20; 상트로)의 아주 좋은 택시를 타고 포카라 공항으로 향했다.

오는 날 포카라 공항에서는 짐을 찾는 곳이 공항 건물 외부(포카라 공항에 도착해서는 본 건물에 들어가지 않고 곧바로 밖으로 나올 수 있다.)의 귀퉁이에 간이 건물이어서 짐을 찾고 곧바로 공항 담벼락과 이어진 쪽문 같은 곳으로 나왔다. 그래서 포카라 공항의 내부와 앞부분을 가보지도 못했고, 당연히 보지도 못했다. 오늘은 택시를 타고 포카라 공항 앞 주자창에 내려 포카라 공항의 아담한 모습을 볼 수 있었다.

드라마 '나인'에서 주인공이 도착하는 배경이 되었던 포카라 공항의 전면부도 볼 수 있었다. 작은 공항이었지만 드라마 속의 한 장면에 나타난 것처럼 아름답고, 앙증맞고 귀여운 공항이었다. 안나푸르나는 병풍처럼 그 뒤를 지키고 있었다. 하늘 아래 가장 아름다운 배경을 둔 공항이다. 포카라 공항 뒤로 펼쳐진 히말라야는 포카라가 하늘 아래 가장 아름다운 도시임을 뽐내듯이 우뚝 솟아 있었다.

히말라야의 속살

카트만두로 가는 네팔 국내선인 예티 항공을 타기 위해 정말 간단한 탑승 수속을 했다. 좁은 공항에서 북적거리는 사람들 사이에 있으면서 유리창 너머로 훤히 내다보이는 공항 밖 풍경이 너무 예뻐서 계속 쳐다보고 있었다.

활주로에 옹기종기 모여 있는 조그마한 경비행기들을 보고 있으니까 시간 가는 줄 몰랐다. 바깥 풍경에 사로잡혀 있는 사이에 비행기 출발에 대한 어떤 안내도 없었단 생각이 불현듯 들었다. 내가 바깥 풍경에 몰입한 상태라 못 들었을 수도 있었다. 순간 놀라서 가까이에 있는 금발의 서양 여자에게 비행기 표를 보여 주며 어느 곳에 줄을 서 있으면 되는지 물었더니 한국말로

"2번 게이트요, 10분 후에 출발이에요."

이렇게 말하는 것이다. 네팔에서 서양 여자의 한국말에 깜짝 놀랐다. 나도 모르게 한국말로

"감사합니다."

라고 말했다. 영어 대답을 원했던 터라 뜻밖의 한국말에 적잖이 놀랐다. 후에 그 서양 여자는 포카라에서 인천 공항까지 나와 같은 비행 편에 같은 일정으로 여러 번 마주쳤다. 결국 인천 공항에서 마지막 모습을 보며 헤어졌다.

오전 9시 30분에 포카라 공항에서 카트만두로 향하는 조그마한 프로펠러 경비행기에 올랐다. 올 때와 달리 이번에는 왼편에 앉아 창밖으로 보이는 히말라야와 30여 분 간의 찐한 이별을 했다. 보고 또 보고, 찍고 또 찍고, 올 때 본 모습보다 더 아름답게 보였다. 내가 그곳을 다녀 온 후라 히말라야의 그 깊은 속살까지 훤히 들여다 보이는 듯 했다.

박타푸르

30여 분의 아름다운 비행 후에 비행기가 카트만두 상공에 이르자 도시가 뿌옇게 보인다. 카트만두의 매연이 비행기에서 내리기도 전에 코로 들어오는 거 같다.

공항 밖으로 나오자 수많은 택시 기사들이 비행기에서 막 내린 나에게 어디로 향하느냐고 물으며, 자신의 택시를 타라고 호객 행위를 한다.

"박타푸르"

라고 하자 모여 든 기사들이 1,000루피를 부른다. 아무 말 없이 잠시 머뭇거리자 내가 흥정을 시도한 것도 아닌데 900, 800, 700까지 떨어진다. 순식간에 700루피가 됐다. 700을 부른 이후로는 다들 침묵한다. 700루피를 주고 탄 택시는 상태가 엉망이었다. 공항에 있는 택시들 대부분 형편없는 상태였다. 픽업을 해 주거나 샌딩서비스를 해 주는 차량들만 괜찮은 상태였고, 일반적으로 운행하는 택시들은 과연 움직일까란 생각이 들 정도로 형편없는 수준이었다. 예전에는 바닥이 뚫린 택시도 운행되었다고 하니 정상적으로 바닥이 있는 택시로 이동하는 것에 감지덕지해야 했다.

조그마한 경차형 택시를 타고 복잡한 거리를 달린다는 것이 불안하고 편치 않았다. 하지만 카트만두 시내를 벗어나 뻥 뚫린 길로 나오자 주변 풍경을 살피느라 내가 무엇을 타고 있는지 잊었다. 이것이 바로 네팔의 매력이었다.

택시는 네팔의 하이웨이와 일반도로를 30여분 달려서 박타푸르 입구에 이르렀다. 마스크를 쓴 경찰관과 무단횡단을 하는 사람들, 복잡한 가운데 운행하는 차량과 오토바이들, 내 눈에는 위태위태한 운행이었으나 아무 일도 없이 박타푸르에 무사히 도착했다.

박타푸르의 입구에 도착했음을 알리는 고풍스러운 건물들이 보이고 길 왼편에 입장료를 받는 매표소가 보이자 택시 기사는 차를 세웠다. 박타푸르의 입장료는 15달러 또는 1500루피다. 달러로 지불해도 되고 네팔 루피로 지불해도 된다. 꽤 비싸다고 생각했지만 유네스코에서 지정한 네팔의 문화유산을 감상할 수 있다는 감동으로 흔쾌히 지불했다.

택시를 타고 가면서 주변을 살폈는데 들어가지 못하도록 통제하는 어떠한 장치(예를 들어 담이나 차단 봉)도 없었다. 많은 외국인들에게 양심적으로 입장권을 끊고 감상하라는 메시지를 전달하는 것 같았다. 사람을 믿는 이러한 장치가 박타푸르를 방문하는 나로서 꽤 유쾌한 인상으로 남았다.

유네스코가 선택한 도시

박타푸르 안내도를 펼쳐 놓고 어디서부터 봐야할까 고민을 했다. 박타푸르 두르바르 광장과 미술관, 왕궁, 사원 등을 둘러보기 위해 무작정 나섰다. 나의 여행 목적은 안나푸르나에 있었고 네팔의 관광지는 그야말로 덤이었다.

박타푸르를 걸으면서 네팔의 고풍스러운 거리에 매료되었다. 하지만 조금 걷자 시끄러운 오토바이의 굉음과 많은 사람들로 인해 금세 피곤해졌다.

이곳은 우리나라 고궁이나 문화 유적지처럼 순수하게 관광객만 있는 곳이 아니라 사람들이 직접 생활하는 도시다. 그래서 매우 분주하다. 단순히 관람만을 위해 꾸며 놓은 도시가 아니라 고대 도시 모습 그대로이고 사람들이 직접 생활하고 있는 곳이었다.

뜨거운 햇살 아래 관광 안내 책자에 나온 장소를 찾아가며 사진을 찍었다. 강렬한 햇살과 따뜻한 기온은 1월이라는 계절을 무색하게 했다. 어젯밤 포카라와의 이별이 아쉬워 늦게 잔 여파인지 박타푸

박타푸르 거리의 여유

르의 뜨거운 날씨 탓인지 무척 힘들어서 움직이기가 싫어졌다.

처음에는 안내 책자의 각 종 탑과 사원 등의 이름을 맞춰보려고 노력했지만 이내 마음을 접었다. 지금 그 이름들을 다 안다고 해도 조금 지나면 그 이름들은 내 머리 속에서 사라져 버릴지 모른다. 그래서 그냥 박타푸르가 아름답다는 그 감정 하나만 유지하기로 했다.

그리고 정전

반나절 정도 박타푸르를 둘러 본 후 지난 2주간의 피곤함을 못 이겨 숙소로 돌아와 핫 샤워를 하고 잠시 깊은 잠에 빠져들었다. 일어나 보니 주변이 어둑어둑해져 있었다. 아직 저녁 식사를 해결하지 못한 상태라서 벌떡 일어나 호텔 내 식당이 운영되고 있는지 확인하러 식당이 있는 옥상으로 올라갔다. 밤 9시가 넘었지만 식당을 운영하고 있었다. 안도의 한숨을 쉰 채 얼른 주문을 하고 전기가 들어오지 않는 어둑어둑한 식당에 초를 켜 놓고 저녁 식사를 했다. 분위기를 느끼기 위해서 초를 켜 놓은 것이 아니라 전기가 들어오지 않아서였다.

참고로 박타푸르에서는 자주 정전이 되기 때문에 호텔 체크인 때 나눠준 정전 시간을 참고해서 활동해야 했다. 샤워하는 동안에 정전이 되면 곤란에 처할 수 있기 때문이다. 방으로 내려와 한 주간의 정전 시간에 대한 안내가 담긴 쪽지를 살펴보며 안정적인 전기 공급이 얼마나 소중한지 생각해 보았다. 낯선 곳의 여행은 평소에 하지 못했던 많은 생각을 하도록 하고, 보다 성숙한 인격체를 만드는 시간이었다.

자리에 눕자 안나푸르나의 고산 지대에서 정전이 자주 있었던 일이 생각났다. 네팔에서 정전이 익숙해 질 즈음에 네팔 여행을 마무리해야 할 시간이 되었다.

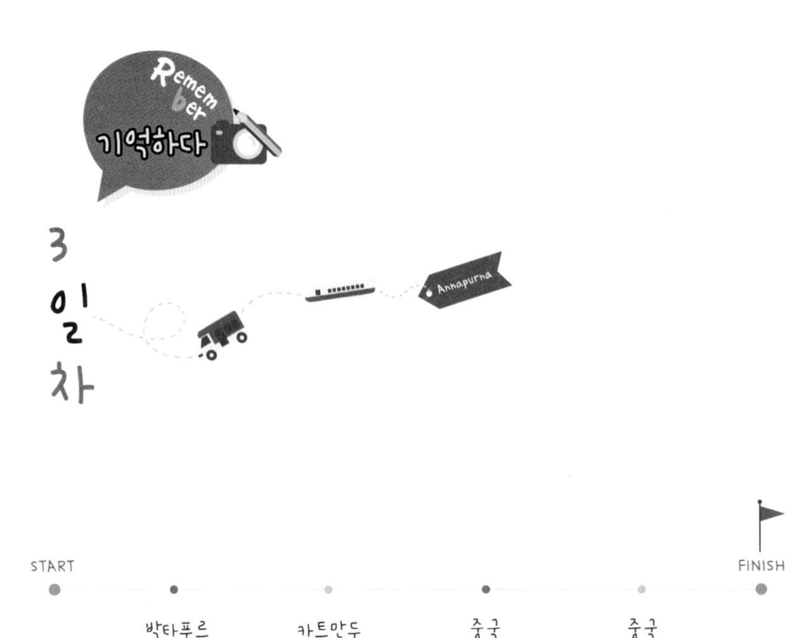

네팔의 마지막 아침

네팔의 마지막 아침이다. 일찍 일어나 이곳 박타푸르의 아침 풍경을 멀리까지 볼 수 있는 옥상의 야외 식당으로 올라갔다. 이곳의 문화를 하나라도 더 내 눈 속에 넣고 싶었다.

분주히 움직이는 사람들, 학교에 가는 아이들, 오토바이를 타고 어디론가 바삐 향하는 사람들, 건너편 옥상에서 머리를 감는 여자들, 창밖으로 카펫의 먼지를 터는 할머니, 길 건너 4층 집에서 아이와 함께 아침을 맞이하는 엄마 등 네팔 박타푸르 사람들의 민낯이 그대로 드러났다.

호텔 옥상에서 바라본 박타푸르 거리

카트만두처럼 오염된 공기가 괴롭히는 도시가 아니어서 옥상 난간에 턱을 괴고 한참 동안 거리를 바라볼 수 있는 것이 가능했다. 박타푸르 여행 중에 가장 재미있는 시간은 높은 곳에서 지나가는 사람들이나 풍경의 변화를 살피며 여유를 즐길 수 있는 시간이었다.

야외 식당의 식탁 위에는 먼지가 있었지만 가볍게 훑어 내고, 박타푸르의 마지막 아침 식사를 네팔의 따뜻한 햇살과 함께 했다.

아침 식사 중에 가장 기억에 남는 게 하나 있었다. 바로 후식으로 나온 요거트였다. 새콤달콤한 맛과 함께 뭐라 말할 수 없는 신비로운 맛을 지니고 있었다. 지금까지 경험하지 못한 맛 때문에 감탄이 절로 나왔다. 달콤, 시큼, 신선 등 다양하고 복합적인 맛과 느낌이 교차했다. 체면 불구하고 한 그릇을 더 요구했다. 이목이 뚜렷하고 잘생긴 호텔 직원은 웃으며 한 그릇을 더 가져다 줬다. 네팔어로 '맛있다.'를 몰라서 '딜리셔스'를 연신 외치며 감사의 마음을 표시했다.

바쁜 환승

그렇게 아침을 보내고, 신선한 박타푸르에서 카트만두의 매연 속으로 돌아왔다. 중국 동방항공 비행기는 트리부반 공항에 도착하자마자 비행기를 청소하고 짐을 싣고 다시 쿤밍을 거쳐 상하이로 향하는 항공편이다. 물론 대한항공도 도착한 후 몇 시간 머물지 않고, 그 비행기가 다시 인천으로 가는 거다.

단층으로 된 탑승동의 통유리를 통해 비행기와 활주로가 훤히 보였다. 창 밖에 대기하고 있는 대한항공 비행기를 보며 저 걸 타면 논스톱으로 대한민국까지 쉽게 갈 수 있을 거란 생각을 하며 유리창을 뚫고 나갈 뻔 했다. 여러 번의 환승으로 항공료를 절약한 것이 내가 이번 여행에서 가장 잘 한 것으로 생각했는데, 창 밖에 코리안에어를 보면서 저 비행기를 타면 곧바로 집에 갈 수 있다는 마음에 사로잡혀 있었다.

잠시 후 중국 동방항공 비행기에 올라 쿤밍을 거쳐 상하이로 가는 비행기에 올랐다. 시차 때문에 얼마 비행하지도 않았는데 밖은 어둑어둑해졌다. 쿤밍 공항에 도착하자마자 어김없이 상하이에서 네팔로 올 때처럼 중국 동방항공 직원이 "짜뚜만두'를 소리 높여 외치며 새로운 비행기 티켓을 나눠 줬다. 그런데 올 때와 달리 따라 오라는 말이 없다. 알아서 수속하라는 듯이 손가락으로 방향만 가리키고 있었다.

혼자 힘으로 해보리라. 씩씩하게 트랜짓이란 안내 표지판만 보고 무작정 걸었다. 인기척이 없어 주변을 살펴보니까 그 많던 사람들이 보이질 않았다. 안내표지판만 보고 주변을 살피지 않은 채 무작정 왔던 것이다. 당황했다. 하지만 조금 더 걷자 사람들이 보이고 수속하는 넓은 공간이 보였다. 금세 안도의 한숨이 나온다.

금요일 저녁이라 그런지 쿤밍의 창수이 공항은 대륙의 엄청난 사람들로 북적거렸다. 보딩 안내판에 있는 시간을 확인해 보니 내가 타고 갈 비행기의 보딩 시간이 10분 정도 밖에 남지 않았다.

그 짧은 시간 동안에 보안 검색을 마치고 탑승을 해야 했다. 갑자기 마음이 조급해졌다. 국내선 보안 수속 줄에 서서 발을 동동 굴렀다. 행여 못타면 어떡하나 하는 생각에 마음이 조급했다. 그렇게 가슴 졸이고 있는 와중에 막무가내로 새치기하는 중국인들이 보인다. 말이 안 통해 새치기를 인정해 주며 소중한 10여분의 시간을 거의 다 보냈을 무렵 내 차례가 됐다. 이번엔 검색대의 중국 공항 직원이 환승하는 티켓에 표시된 의미를 몰랐다. 단순히 갈아타는 건데 나보고 어디서 왔으며 어디로 가느냐고 물었다. 카트만두에서 왔고, 상하이로 가는 길이라고 했더니, 옆에 있는 또 다른 직원과 중국말로 대화를 하더니 미심쩍은 눈빛이지만 일단 통과시켜 줬다.

보안 검색대를 통과한 후 비행기를 타야할 게이트의 방향을 확인한 후 죽어라고 뛰었다. 에스컬레이터와 무빙워커에서도 잰걸음으로 뛰었다. 안나푸르나의 '비스타리'를 완전히 잊은 채 계속 뛰었다. 게이트에 도착하자 몇 사람밖에 보이지 않는다.

늦은 걸까? 하지만 도착했다는 안도의 한숨을 쉬고 줄을 섰다. 게이트와 비행기가 곧바로 연결되는 곳도 아니어서 버스를 타고 이동해야 했다. 정말 험난한 과정이었다.

비행기에 올라타자마자 내가 사력을 다해 뛰었던 것이 헛수고임을 알게 됐다. 비행기 안의 탑승객이 절반도 채 차지 않았다. 카트만두에서 쿤밍으로 쿤밍에서 상하이로 환승하는 사람들이 나처럼 빨리 수속을 밟고 오지 못한 것이다. 쿤밍으로 향하는 비행기가 카트만두에서 1시간 이상 늦게 출발했기 때문에 공지되어 있는 보딩 시간은 환승하는 사람들을 위한 것이 아니라 쿤밍 공항에서 탑승하는 사람들을 위한 것이었던 같다.

자리에 앉아 숨을 돌리고 있는 사이 사람들이 속속 비행기에 올랐다. 포카라 공항과 카트만두 공항에서 봐왔던 서양 여자도 탑승했다. 그 서양 여자가 탑승한 후에도 카트만두에서 쿤밍으로 오는 비행기에서 잠시 스치듯 봤던 많은 사람들이 속속 비행기에 올랐다. 내가 비행기에 오르고도 거의 40여 분이 지날 때까지 비행기는 출발하지 않았다.

결국 환승하는 모든 사람들이 탑승한 후에야 비행기는 출발 준비를 했다. 서둘러서 나쁠 건 없지만 숨 막히게 긴장된 수속을 했던 것이 조금 화났고, 보딩 시간을 정정해서 공지하지 않은 공항 측에 야속한 마음이 들었다.

쿤밍의 긴박했던 순간을 뒤로 하고 비행기가 이륙하자마자 쿤밍의 아름다운 야경이 펼쳐진다. 굉장히 큰 도시다. 경유하는 덕분에 쿤밍의 야경을 감상할 수 있었다. 환승 덕분에 만들 수 있었던 에피소드를 생각하며 여행에 지친 몸을 등받이에 기댄 후 잠시 휴식을 취했다.

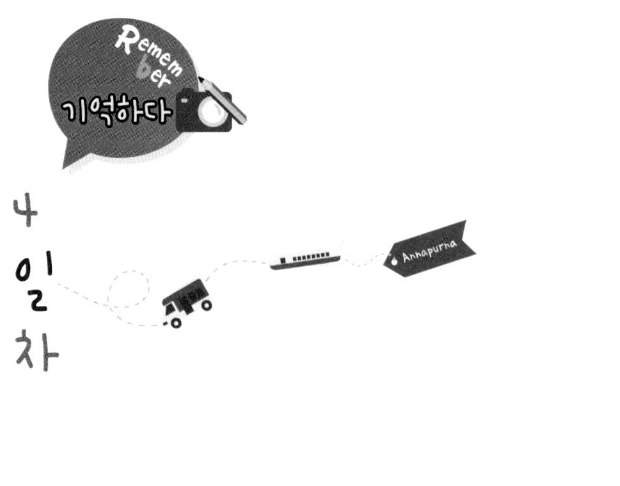

카드만두에서 쿤밍을 거쳐 밤 12시 50분 즈음 상하이 공항에 도착했다. 2주 만에 다시 상하이 공항에 도착했다. 타고 내리기를 반복한 곳이라 그런지 상하이 공항이 그리 낯설지 않았다.

넓은 공간에 많은 의자가 즐비하게 있었고, 환승을 위해 기다리는 사람들이 스마트폰을 보거나 책을 읽거나 무언가를 하며 시간을 보내고 있다.

아침 7시까지 본격적인 노숙을 시작하기 위해 자리를 물색하기 시작했다. 팔걸이가 없는 의자가 편히 쉬기에 적합할 거 같아 3층 전체를 훑어 봤지만 팔걸이가 없는 빈 의자는 눈에 띄지 않았다. 순간 저 멀리 팔걸이가 없는 의자가 눈에 들어 왔다. 누가 먼저 자리라도 잡을까봐 빠르게(조금 창피했다.) 이동해서 그곳에 자리를 잡고 노숙 준비를 마쳤다. 시간은 벌써 새벽 2시를 가리키고 있었다.

팔걸이가 없는 의자에 다리를 뻗고 잠시 눈을 붙이자마자 시끄러운 사람들의 인기척과 함께 상하이 공항의 아침을 맞이했다. 날이 밝자 많은 사람들이 밀려왔다.

처음으로 공항 의자에 앉아 노숙을 하며 아침을 여는 공항의 모습을 봤다. 공항에서 노숙하고 아침 모습을 보는 것도 그리 나쁘지 않은 경험이었다. 어린 나이에 이런 걸 해 보지 못했던 게 아쉬웠다.

떠나기 전에 지인들에게 일정을 말해 주자 나이도 있는데 왜 그런 일정으로 여행을 가느냐고 핀잔을 들었다. 히말라야에 가는 것도 그렇고 여러 번 환승을 해서 가는 것도 그렇고, 그냥 한번 해 보고 싶었다.

환승의 불편함보다 경험을 중시했고, 직항을 타지 않고 절약한 경비만큼으로 네팔에서 편안하고 고급스러운 안식처에서 휴식을 하며 여행의 일정을 정리하고 싶었다. 그리고 히말라야에 살고 있는 사람들을 위해 풍족하게 쓰고 싶었던 마음이 더 큰 부분을 차지하고 있었다.

공항 화장실에서 고양이 세수를 하고 노숙하느라 몰골이 말이 아닌 모습을 정리했다. 정리한다고 몰골이 정상으로 돌아오는 건 아니었지만.

인천으로 돌아가는 비행기 표를 발권 받으려고 줄을 섰다. 말끔한 사람들 틈에서 2주 째 빨지 못한 옷을 입고 줄을 서있으려니 창피했다. 트레킹 도중에는 내 몰골이 부끄럽지 않았는데 이곳에서 말끔하게 차려 입은 사람들 틈에 있으려니 창피하단 생각이 들었다. 히말라야에서는 자연과 하나 된 정체성을 가지고 있었는데 문명 속으로 들어오자 다른 사람들의 이목을 신경 쓰는 사회적 동물이 되어 있었다.

낮은 산

탑승동에서 상하이 푸동 공항의 전경을 바라보며 주마등처럼 지나간 네팔에서의 시간을 되돌아봤다. 물리적 거리가 멀어질수록 기억들도 지워지는 느낌이었다.

인천행 비행기에 탑승했다. 자리에 앉자마자 여행의 피로, 노숙의 피로, 온갖 이유의 모든 피로가 몰려 왔다. 짐을 올리고 좌석에 앉자마자 나도 모르게 눈이 감겼다. 비행기가 이륙하는 것조차 느끼지 못할 정도로 깊은 잠에 빠졌다.

잠시 눈을 붙이고 일어나니까 비행기는 우리나라의 산과 바다가 보이는 하늘 위로 비행하고 있었다. 문득 아래를 내려다보니 우리나라 산들이 전부 땅으로부터 얼마 올라오지 않은 채 바짝 붙어 있다는 느낌이 들었다. 지난 며칠 포카라에서 카트만두로 오고 가면서 봤던 산들과 다른 모습이다. 그 산들은 구름이 힘겨워 지나치지 못하고 걸려 있었던 고산들이었다. 하늘에 닿을 듯 웅장하게 우뚝 서 있었고, 그 정상에는 지구가 생긴 이래 한 번도 녹은 적이 없는 눈들을 지니고 있었다. 지난 2주 동안 나의 눈은 히말라야의 높은 산들만 바라보고 있었고, 그 높이를 바라보는 것에 익숙해 있었다.

우리나라 하늘에서 내려다보는 산들의 높이가 조금 과장해서 표현하면 그냥 평지보다 조금 높이 불거져 나온 언덕들처럼 보였다. 진정 이 언덕들이 산이란 말인가?

우리나라를 처음 방문한 네팔 사람들에게 우리나라의 산에 대해 소개하면 그들이 의아해할 것 같다. 그들이 보통 언덕이라고 부르는 것들(예를 들어 푼힐)에도 한참이나 미치지 못하는 것들을 산이라 부르는 우리를 이해하지 못할 수도 있을 거 같다.

네팔 사람들의 삶의 터전은 1,900m 이상이 즐비하다. 내가 잠시 머물렀던 간드룩이란 마을도 1,940m에 위치해 있다. 우리가 고산이라 부르며 사람들이 살기에 적합하지 않다고 판단한 곳에 그들은 삶의 터전을 일구고 있었다. 우리 기준으로 사람이 살기에 적합하지 않은 곳이라고 생각하는 곳이 그들의 기준으로는 아주 적합한 곳이 되어 있었다.

인천 공항 도착을 안내하는 방송이 흘렀다. 도착하자마자 다시 네팔에 가고 싶다는 생각이 든다. 만약 다시 간다면 어디에 가 봐야 할 지 생각해 본다. 네팔의 택시 기사가 물었던 말이 생각난다.

"네팔에 몇 번째 방문이세요?"

그 택시 기사의 물음처럼 네팔은 그곳에 갔다가 다시 돌아 온 순간에 다시 가고 싶다는 생각이 드는 곳이었다.

쉽지 않겠지만
용기를 낸다면

16일간의 네팔 여행을 마치며 여행에 대해 돌아보는 시간을 가졌다. 많은 어려움이 있을 것으로 예상했던 여행은 의외로 많은 어려움이 있지는 않았다. 고산병을 가장 많이 걱정했는데 고산병 증상도 내가 감당할 수 있을 만큼이었다.

출발 전에 안나푸르나 보존 지역 주변을 라운딩하는 코스 중 쏘롱라 패스라는 곳에서 눈사태로 많은 사람들이 목숨을 잃었다. 많은 사람들이 안나푸르나에 간다고 하니까 이 모양 저 모양으로 걱정을 했다. 나도 많은 걱정과 두려움에 휩싸여 있었다. 하지만 나에게 그런 일이 일어나진 않겠지 하며 스스로를 다독이며 두려움보다는 기대감을 불어 넣어 주었다.

좋은 여행지도 많은데 왜 굳이 히말라야냐고 하는 사람들이 많았다. 난 그냥 히말라야 그곳에 가 보고 싶었다. 안나푸르나의 전초기지인 안나푸르나 베이스캠프에 가서 직접 서 보고 싶었다. 사진 속에서만 보는 것이 아니라 직접 가서 보고 싶었다. 많은 걱정과 우려 속에 시작한 여행이었지만 여행 전에 했던 걱정들이 트레킹 중에 일어나지는 않았다.

날씨에 대한 걱정도 많았었는데 비는 단 한 번만 왔었다. 그것도 밤부에서 잠들어 있는 밤 동안에만 내렸다. 빗소리에 잠을 뒤척였지만 경쾌한 빗소리에 운율을 느꼈고, 눈을 뜨고 아침을 맞이하자 언제 그랬냐는 듯이 비는 그쳤고 눈꽃으로 승화해 있었다.

마차푸차레 베이스캠프에 가는 날 눈보라가 일었지만 그 눈보라는 두려움보다는 낭만을 선사했다. 눈보라를 뚫고 마차푸차레 베이스캠프로 한 걸음 한 걸음 디딜 때마다 나는 마치 원정대의 대원이라도 된 것 같은 기분을 느꼈다. 나에게 좋은 날씨를 허락한 네팔이었다.

“나마스테”

두려움과 걱정은 일어나지도 않을 일들에 대한 것이 40% 이상이라고 한다. 어쩌면 일어나지 않을 일들에 대한 두려움과 걱정 때문에 아무 일도 일어나지 않고 여행을 마쳤는지도 모르겠다.

네팔 여행을 끝마친 후 지난 2주간의 애잔함을 잊지 못해 여행 준비를 하며 도움을 받았던 카페에 들어가 본다. 카페에는 히말라야에 다녀온 사람과 그곳에 가보고 싶어 하는 사람, 준비하고 있는 사람들이 많음을 알 수 있다. 카페의 회원도 3만 명이 넘어섰다. 적어도 3만 명 이상은 히말라야에 관심이 있는 사람들이 있단 얘기다. 더 많은 사람들이 아름다운 땅 히말라야에 도전했으면 좋겠단 마음이 들었다. 그냥. 그 아름다운 곳에 직접 서 보기를 소망한다.

지난 네팔 여행 동안 공정한 여행을 위해 그 땅에서만큼은 지출을 아끼지 않으려고 노력했다. 전체적으로 생각해 보니 그리 많은 경비가 들어가지 않았다. 내가 과연 공정한 여행을 했는지에 대해 생각해 보게끔 했다. 세상에서 가장 높은 산의 아름다운 풍경을 보며, 그 산이 뿜어내는 향기가 진동하는 곳에 살고 있는 사람들의 삶의 터전을 잠시 공유한 정당한 대가를 지불했는지 생각해 보았다.

롯지의 하루 숙박료는 2,000원에서 비싸야 8,000원 정도였다. 밥값은 5,000원에서 7,000원 사이였고, 차 한 잔은 500원에서

2,000원 정도였다. 콜라나 신라면이 4,500원 정도로 비쌌다. 하루 세끼를 먹고 자는 데 40,000원에서 50,000원 정도면 그리 비싸지 않은 여행이었다.

'그냥' 가보고 싶어서 시작한 네팔 여행은 단순한 여행 그 이상이었다. 내가 누구인지 생각해 볼 수 있었으며, 걸으면서 만난 사람들과 여러 가지 생각을 나눌 수 있었던 여행이었다. 떠날 수 있는 용기가 없었던 나에게 용기 있는 영혼이 될 수 있는 기회를 제공해 주는 여행이 되었다. 열흘 이상 걷는 것과 고산의 가쁜 숨을 이기며 짧은 여행 동안에 봄부터 겨울까지를 경험할 수 있는 아주 특별한 여행이었다.

안나푸르나 베이스캠프, 그곳은 희박한 산소에 가쁜 숨을 몰아쉬고, 변화된 혈액의 흐름으로 붉게 상기된 얼굴을 하고, 눈에 반사되는 따가운 햇살을 선글라스 없이는 똑바로 쳐다볼 수 없고, 장엄한 안나푸르나의 봉우리에 둘러싸여 그 위엄을 느낄 수 있는 그런 곳이다. 그곳에서 난 많은 것을 얻을 수 있었다.

삶은 기나긴 여행이다. 앞만 보고 달리다가 알 수 없는 끝을 맞이할 수도 있다. 꼼꼼하게 자신의 일을 성취하는 과정에서 즐거움을 느낄 수도 있다. 다른 사람에게 능력 있다고 인정받는 것에서 기쁨을 느낄 수 있다. 하지만 주어진 삶은 한번 뿐이다. 일 속의 즐거움이나 기쁨보다 더 큰 무언가를 주는 히말라야로 지금까지 도전했던 용기와는 다른 용기를 가지고 그곳으로 떠날 필요가 있다. 그 용기를 갖기까지 너무 힘들지만 일단 용기를 내 보자. 가쁜 숨을 몰아쉬고 사는 사람들에겐 더더욱 안나푸르나 베이스캠프에 도전해 보라고 용기를 주고 싶다. 그곳에서 쉬는 가쁜 숨은 내 생명에 활력을 불어 넣어 주는 것이라고 말해 주고 싶다.

이 글을 쓰고 있는 2015년 봄, 네팔은 큰 지진으로 고통 받고 있다. 아름다운 땅과 순박한 마음을 가지고 있는 사람들이 큰 어려움에 처해 있다는 사실에 가슴이 먹먹했다. 불과 몇 개월 전에 다녀간 곳이 지진으로 신음하고 있다는 사실에 이 글을 통해 그들에게 조금이라도 도움이 되었으면 하는 바람이다.

나마스테, 네팔!

비스타리, 히말라야!